참 좋은 당신을 만났습니다

세 번째

송정림 지음

온정 가득한 사람들이 그려낸 감동 에세이

참 좋은 당신을 만났습니다 세 번째

🌱 나무생각

1장

저마다 인연이 있어서

2장

그 사람이 내게 온다는 건

3장

그냥 들어주면 될 것을

4장

한길을 가는 사람

혼자 살아가는 것도 있을까요? 혼자서 살아가는 것은 분명 단 하나도 없습니다. 나무들이 공기에 기대 서 있고, 구름이 하늘을 배경으로 흘러가고, 벌레가 땅을 딛고 기어가고, 새가 바람에 실려 날아갑니다.

그리고 일상생활에서 우리는 수없이 많은 사람들에 기대어 살아갑니다. 내가 입는 옷, 내가 먹는 음식도 나 아닌 타인이 생산한 것이고, 내가 탄 버스에도 나 아닌 타인들이 함께 오릅니다. 내가 건네는 인사는 타인을 향한 것이고, 내가 사랑하는 사람도 나 아닌 타인, 나를 울게 하는 사람도 타인, 나를 웃게 하는 사람도 타인입니다.

그러니 어떻게 타인을 사랑하지 않고 살아갈 수 있을까요? 타인을 사랑하는 것은 곧 나를 사랑하는 일이고, 스스로 살아갈 희망을 추스르는 일입니다.

　사람이 사람을 믿지 못하고, 사람이 사람을 경계하는 팍팍한 세상에서 보석처럼 숨어 있는 참 좋은 사람을 찾고, 품고, 기억하는 일은 우리에게 가장 급하고 가장 절실한 일이라고 생각했습니다. 그래서 그 고운 이들을 그리워하며 《참 좋은 당신을 만났습니다》를 쓰게 되었습니다.

　첫 번째, 두 번째 책이 과분한 사랑을 받은 것도 누구나 '참 좋은 당신'을 그리워하기 때문이고, 누구나 '참 좋은 당신'이 되어주고 싶기 때문일 것입니다.

　누군가는 《참 좋은 당신을 만났습니다》를 지인에게 선물했더니, 그냥 제목만 보고도 얼굴이 환해지며 "정말요?"라고 묻더라고 했습니다. 《참 좋은 당신을 만났습니다》는 그렇게 당신을 향한 고백입니다. 그리고 당신을 향한 다짐입니다.

나를 위해서 매일 기도하는 어머니의 마음, 나를 위해서 매일 고달프게 일하는 아버지, 나를 위해서 양보해 준 사람, 나 때문에 뒤처진 사람, 나에게 주어진 행운 때문에 불운해진 사람, 나를 위해 마음을 모아준 친구들……. 사무치게 슬프던 날의 그 따뜻한 위안을 잊지 못합니다. 딱딱하게 경직된 마음을 펴주던 그 부드러운 사랑을 잊지 못합니다.

신은 도처에 있을 수가 없어서 세상 곳곳에 천사를 보내나 봅니다. 나 아닌 타인을 위해 마음 한자리 내어주고, 시간을 내어주고, 기꺼이 삶을 나눠주는 사람들…… 자신보다 당신을 더 걱정하고, 아껴주고, 사랑하는 사람들…… 그 천사들의 이야기를 당신께 선물로 드립니다.

이 책 속의 이야기는 모두 실제 우리 주변에서 만나는 이야기입

니다. 누군가의 어머니, 누군가의 아버지, 누군가의 이웃, 누군가의 직장 동료 그리고 누군가를 스치고 지나간 작은 인연들……. 저에게 사람의 감동을 전해준 많은 분들에게 감사하다는 말을 전하고 싶습니다. 이 책을 쓰는 동안 참 좋은 사람들 덕분에 행복한 미소를 짓기도 했고, 뭉클한 감동에 눈물을 짓기도 했습니다.

당신도 이 책을 읽는 동안 이 세상에 이렇게 좋은 사람이 많다는 것을 느끼며 행복하시기를, 그리고 살아갈 희망을 간직하고 더 기운 내시기를 바랍니다.

참 좋은 당신,
고맙습니다. 정말 고맙습니다…….

송정림

1장

저마다 인연이 있어서

밥 한 그릇의
기적

비 오는 날, 어머니가 집에 오다 비를 흠뻑 맞으며 걸어가는 개 한 마리를 봤습니다. 걸음걸이가 유난히 힘이 없어 보였습니다. 그 앞으로는 한 중년 남자가 걸어가고 있었는데, 유심히 보니 맨발이었습니다. 걱정이 되어 뒤를 따라가 보았습니다. 남자는 다리 밑에 박스를 펴놓고 사는 노숙인이었습니다.

집에 돌아와 저녁을 짓는데, 일이 손에 잡히지 않았습니다. 힘없이 걸어가던 개와 비틀거리며 맨발로 빗속을 걸어가던 중년 남자가 어머니의 머릿속을 어지럽혔습니다.

다시 다리 밑으로 가보니, 노숙인 남자는 쪼그려 누워 잠들어 있고, 개는 앙상한 갈비뼈를 드러낸 채 기운 없이 누워 있었습니다. 개에게 사료를 주니 얼마나 굶었는지, 달려들어 정신없이 먹기 시작했습니다. 어머니는 잠든 노숙인 남자 앞에도 한 그릇의 밥과 찬을 놓고 돌아왔습니다.

다음 날에도 어머니는 그 개와 노숙인 남자가 걱정이 됐습니다. 마침 퇴근해서 집에 들어서는 아버지에게 어머니가 말했습니다.

"당신, 이거 좀 들고 따라와요."

그 뒤로 어머니와 아버지는 매일 저녁 다리 밑으로 개의 사료와 노숙인 아저씨의 식사를 가져갔습니다. 언제부터인가 개는 부부가 오는 방향을 바라보며 기다리기 시작했습니다. 비가 오나 눈이 오나 부부는 그 일을 쉴 수 없었습니다. 고개를 빼고 부부가 오기를 기다리는 개가 눈에 어른거렸기 때문입니다.

그러던 어느 날 사료와 설렁탕 한 그릇을 들고 가보니, 그곳에 아무도 없었습니다. 어디 갔나 하고 여기저기 둘러보자, 멀리서 노숙인 남자와 강아지가 뛰어오는 게 보였습니다.

어머니는 눈을 의심했습니다. 처음 본 날 빗속을 비틀거리며 걷던 그 개와 남자가 맞나 싶었습니다. 개는 귀를 펄럭이며 날듯이 뛰어왔고, 그 남자 역시 기운이 넘치는 듯 달려왔습니다. 그 모습에 어머니의 눈가가 젖어들었습니다.

더 놀라운 것은 노숙인 남자의 말이었습니다. 그는 이제 폐지를 모아서 하루에 2천 원씩 번다고 자랑스럽게 말했습니다.

사업 실패로 노숙인이 된 남자는 살아갈 의욕도, 힘도, 희망도 없었다고 합니다. 그러나 어느 날 누군가가 가져다 놓은 밥 한 그릇을 먹었고, 그 힘으로 일어날 수 있었습니다.

하루에 먹는 단 한 그릇, 그 밥의 힘은 엄청났습니다. 몸에 힘이 생기니 마음에도 힘이 생겼습니다. 그리고 희망과 의욕도 품을 수 있었습니다.

6개월이 흘렀습니다. 남자는 폐지를 모아 팔던 고물상에 취직을 했습니다. 남자는, 그리고 그 남자의 개는 더 이상 다리 밑에서 노숙을 하지 않아도 되었습니다.

제자가 전해준 어머니 이야기입니다. 배고픈 이에게 누군가가 내민 따뜻한 밥 한 그릇이 그 사람의 인생을 일으켰습니다. 한 사람의 인생은 곧 우주라 했습니다. 그러니 어머니는 그 우주를 구한 것입니다.

내가 먼저
다가가서

　나연은 일곱 살과 다섯 살 아이를 둔 주부입니다. 단독주택에 사는 나연은 빨래를 대문 밖에 널어둡니다. 볕이 좋은 날이면 이불이나 흰 빨래들을 푹푹 삶아 탁탁 털어 널어두곤 했습니다. 햇살에 뽀송뽀송 빨래가 마르는 생각을 하면 기분까지 말갛게 소독이 되는 듯했습니다.

　그러던 어느 날 그날도 햇살이 좋아 아이들 빨래와 이불을 잔뜩 널어놓고 외출했습니다. 시내에 나와 일을 보고 있는데 갑자기 후드득 소나기가 내리기 시작했습니다.
　"아, 이 일을 어째. 대문 밖에 빨래를 널어놓고 왔는데……."
　그러나 아직 볼일도 남아 있고, 너무 먼 거리라 달려갈 수도 없어서 발만 동동 굴렀습니다.

일을 마치고 저녁이 돼서 집에 돌아왔는데, 대문 밖에 건조대도 없고 널어둔 빨래도 없었습니다. 무슨 일인지 몰라 당혹해하는데 앞집 할아버지가 나오더니 들어오라고 손짓을 했습니다.

앞집 할아버지는 언어 장애가 있었습니다. 누군가에게 말을 하려면 온몸의 힘을 다 모아야 했고, 그래서 때로 할아버지의 말은 말이 아닌 고함처럼 들렸습니다. 안간힘을 다해 소리를 질러야 의사 표현이 되다 보니 나연도, 나연의 어린 아들 윤서도 할아버지를 무서워하고 있었습니다.

할아버지가 손짓하는 대로 나연은 할아버지 집으로 들어섰습니다. 할아버지 집의 좁은 거실은 나연이네 빨래 건조대 두 개로 꽉 차 있었습니다. 이불을 널어둔 건조대 앞에서는 선풍기가 돌아가고

있었습니다.

　그동안 할아버지를 피해 다녔습니다. 소리를 지르며 인사하면 무서워 도망치기 바빴습니다. 나연은 고마우면서도 죄송한 마음에 인사조차 제대로 할 수 없었습니다.

　그런 나연에게 할아버지는 소리쳤습니다.

　"윤서 이불이야, 윤서 이불."

　아이들이 자신을 무서워하는 걸 알고 말 한마디 걸지 못했지만 할아버지는 이웃집 아이들의 이름도 알고 있었습니다. 나연과 윤서가 이불을 널며 말하는 것을 듣고 그것이 누구 이불인지도 기억하고 있었습니다.

　얼마나 웃으며 인사하고 싶었을까요? 얼마나 평상의 언어로 말을 건네고 싶었을까요? 반가움도, 고마움도 온몸의 힘을 다 끌어모아 소리를 쳐야 간신히 전해지니 얼마나 불편할까요? 나연은 그 고충을 헤아리지 못한 채 무서워하며 피해 다니던 자신이 부끄러웠습니다.

　내 입장에 서서 남을 보는 일은 쉽지만 남의 입장에 서서 나를 보고 남을 보는 일은 쉽지 않습니다. 남의 속도 모르고 그의 마음을 속단하는 것은 아닌지, 남의 입장도 모르고 그를 비난하는 것은 아닌지, 남의 진실도 모르고 그를 미워하는 것은 아닌지, 남의 상황도 모르고 그를 용서하지 못하고 있는 것은 아닌지……. 어떤 일을 판단할 때 알맞은 자리는 어쩌면 내가 서 있는 이 자리가 아니라 상대가 서 있는 자리인지도 모릅니다.

　다른 사람을 바라보고 그를 관찰하며 그의 입장에 설 줄 아는 '역지사지'를 배워가는 일, 양보하는 법, 인내하는 법, 베푸는 법, 배려하는 법을 배워가는 일…… 가장 어렵지만, 그래서 더 가치 있는 인생 공부인지도 모르겠습니다.

　그날 밤 뽀송뽀송한 이불을 덮고 자는 아이의 행복한 얼굴을 쓰다듬으며 나연은 생각했습니다. 이제는 내가 먼저 다가가서 인사를 건네야지. 이제는 내가 더 반갑고 고마운 이웃이 되어야지.

작지만 아름다운
혁명

언니는 새로 온 아파트 경비 아저씨를 '선생님'이라고 부릅니다. 누가 부르라고 시킨 게 아니라 저절로 선생님 소리가 나옵니다. 경비 아저씨의 성함은 '전학생'입니다. 아저씨의 성함을 듣고 처음에 나는 깔깔 웃었습니다. 그런데 아저씨에 대한 이야기를 듣고 나니 나도 저절로 '선생님' 소리가 나왔습니다.

아파트의 쓰레기 집하장은 어느 아파트나 지저분합니다. 그런데 언니네 아파트 쓰레기 집하장은 좀 특별합니다. 쓰레기 집하장이 작고 아담한 도서관처럼 변한 것입니다.

그곳에 책장이 놓이고, 한 권, 두 권 책들이 꽂히기 시작했습니다. 그 앞에 놓인 의자에서는 할머니 몇 분이 돋보기를 끼고 앉아서 책을 읽습니다.

쓰레기 집하장이 도서관으로 변한 사건은 새로 온 경비 아저씨의 아이디어 덕분이었습니다.

경비 아저씨는 어느 날 이런 결심을 하였답니다.

"이 세상에서 가장 아름다운 쓰레기 집하장을 만들어야지."

경비 아저씨는 누군가가 버린 책장을 일으켜 세운 뒤, 깨끗이 닦고 페인트칠을 새롭게 했습니다. 그리고 또 누군가가 버린 헌책들을 탁탁 털고 깨끗이 닦아 그 책장 안에 줄줄이 꽂아두었습니다.

언니도 집에 있는 좋은 책들을 가져다가 거기 꽂아두었습니다. 다른 이웃 사람들도 같이 읽고 싶은 책들을 가져다 꽂아두기 시작했습니다. 누군가는 꽃병을 갖다 놓고 꽃을 꽂았습니다. 그러더니 또 누군가는 일회용 커피와 따뜻한 물을 담은 보온병을 가져다두었습니다.

그곳은 이제 냄새나는 쓰레기 집하장이 아닙니다. 따뜻한 차와 향기로운 꽃과 좋은 책이 있는 곳입니다.

사람들이 지나다니면서도 가까이 가기 꺼려했던 그곳은 이제 사람들이 삼삼오오 모여들어 책을 읽으며 담소를 나누는 정겨운 도서관이 되었습니다.

세상을 바꾸는 혁명이 따로 있을까요? 이 작지만 아름다운 혁명은 아파트의 한 경비 아저씨로부터 시작되었습니다.

자신이 머물 수 있는 자리에서, 자신이 할 수 있는 방법으로 그곳에 꽃을 피우는 사람, 그래서 지구 한 구석을 환하게 밝히는 사람들 덕분에 지구의 한 모퉁이에서 조금씩 꽃물이 들어가고 있습니다. 세상이 조금씩 조금씩 환해지고 있습니다.

유통기한 없는
사랑

친구 수경은 특수학교 선생님입니다. 수경의 손과 팔에는 여기저기 물린 자국이 있습니다. 아이들은 마음이 언짢은 일이 있으면 선생님과 얘기를 하는데, 그중에 화가 나면 그 순간을 참지 못하고 물어뜯는 아이들이 있기 때문입니다. 다친 자국을 보고 놀라서 괜찮은지 물으면 수경은 "늘 있어 온 일인데, 뭐" 하며 웃어 넘깁니다.

어느 날 지체 장애를 가진 한 아이가 과자를 들고 와서 불쑥 선생님 드시라며 수경에게 내밀었습니다. "고마워. 집에 가서 먹을게"라고 했지만 아이는 자꾸만 지금, 보는 앞에서 먹으라고 했습니다. 수경이 어쩔 수 없이 "알았어" 하며 과자 봉지를 뜯는데, 언뜻 거기 찍힌 날짜가 눈에 들어왔습니다. 벌써 유통기한이 2년이나 지난 과자였습니다. 그동안 얼마나 아꼈으면 아직까지 먹지 않고 간직했을까요.

봉지를 열어 보니 그 안에 기름에 잔뜩 찐 과자가 들어 있었습니다. 아이가 눈 동그랗게 뜨고 쳐다보며 기다리는데 안 먹을 수가 없었습니다. 과자를 들어 아이가 보는 앞에서 맛있게 먹었습니다. 아이는 그걸 보고 물개박수를 치며 기뻐했습니다.

손등의 물어뜯긴 자국을 볼 때마다 수경에게 묻습니다. 그래도 그 아이들이 좋으냐고……. 수경은 한 치의 망설임도 없이 대답합니다.

"응, 정말 예뻐. 난 그 아이들을 사랑해."

수경이 처음 특수학교에 발령받았을 때부터 그런 것은 아니었다고 합니다. 엄마가 아이를 키우면서 서서히 정이 들어가는 것처럼, 모성이 점점 깊어가는 것처럼, 수경도 함께하는 시간이 더해갈수록 아이들을 사랑하게 되었습니다.

이제 그 아이들을 떠난 인생은 생각할 수도 없다고 말하는 수경. 과자에는 유통기한이 있지만 수경이 아이들을 사랑하는 마음에는 유통기한이 없을 듯합니다.

어머니가 주신
한복

　어머니는 목이 길어서 한복이 참 잘 어울립니다. 아버지도 어머니의 한복 입은 모습을 가장 좋아했습니다. 공무원이었던 아버지는 행사나 모임에 나갈 때마다 어머니에게 한복을 입으라고 권했습니다.

　아직 학교에도 들어가지 않은 어린 시절, 어버이날 행사에 어머니를 따라간 적이 있습니다. 어린 나의 눈에 옥빛 한복을 입은 어머니가 선녀처럼 보였습니다.

　어르신들이 무대에 나가서 덩실덩실 춤을 추는 시간이 마련됐고, 사람들이 어머니에게 춤을 추라고 자꾸만 권했습니다. 어머니는 몇 번 사양하다가 마지못해 무대로 나갔습니다. 나는 어머니의 치맛자락을 붙잡고 다급히 쫓아갔습니다.

어머니가 다른 사람들 사이에 섞여 춤을 추기 시작하자 나는 울먹울먹거리다가 기어이 대성통곡을 하고 말았습니다. 앙앙 울며 어머니의 치맛자락을 잡아당기는 나를 그 누구도 말리지 못했습니다. 나는 마치 적진에서 어머니를 구출하는 전사처럼 어머니를 무대 밖으로 끌고 나왔습니다.

그 순간이 한 장의 사진으로 포착되어 앨범에 보관되어 있습니다. 그 사진을 보며 어머니는 종종 묻곤 했습니다.
"우리 순둥이 딸이 그날 왜 그랬을까?"

어머니가 예뻐서 다른 사람이 채갈까 봐 두려웠다는 나의 대답은 농담이 아니었습니다. 어머니는 기분 좋은 듯 하하 웃었지만.

결혼하기 전날 밤, 어머니는 나에게 당신의 한복 중에서 가장 아끼는 옥빛 한복을 한 벌 주었습니다.
"원래 어미가 입던 옷을 딸이 입으면 엄마 팔자를 물려받는다고 해서 안 주려고 했는데…… 이건 그래도 너한테 주고 싶구나."

그때까지 몰랐습니다. 당신 스스로 팔자가 사납다고 생각하고 있는 줄은……. 어머니는 당신의 삶에 만족하는 줄로만 알았습니다.

결혼식 날, 어머니가 물려준 그 한복을 폐백 올릴 때 입었습니다. 예복으로 맞춘 한복보다 어머니의 한복을 입고 싶었습니다.

그 한복은 지금도 한 해 한 번씩 꺼내 손질을 하며 잘 보관하고 있습니다. 어머니 생각이 나면 그 한복을 가만가만 만지며 어머니가 했던 그 걱정을 떠올립니다.

"어미 팔자가 딸에게로 간다는데……. 내 팔자를 네가 물려받을까 봐 걱정이다."

그러면 나는 혼잣말로 대답합니다. 어머니 팔자를 닮아 일복이 엄청 많지만, 어머니 팔자를 닮아 걱정도 엄청 많지만, 어머니 딸로 태어나 어머니의 발자국을 따라갈 수 있어서 정말 행복하다고.

사랑받는 여자의
아우라

노부부가 버스 안에 있었습니다. 백발의 노부부에게 자연스럽게
눈이 갔습니다. 할머니는 몽실몽실한 흰 솜사탕 같은 머리를 했고
할아버지는 멋진 모자를 쓰고 있었습니다.

할머니는 쉴 새 없이 창밖을 손가락으로 가리키며, 지저귀는 새
처럼 할아버지에게 이런저런 얘기를 했습니다. 할아버지는 고개를
끄덕이며 조잘대는 할머니를 귀엽다는 듯 바라보았습니다.

버스가 한참을 달리는 동안 노부부는 그렇게 정답고 다정한 새들
처럼 도란도란 얘기를 나눴습니다. 버스가 도심을 벗어나 한적한
근교에 다다랐습니다.

할아버지가 일어나 벨을 누른 뒤 앉아 있던 할머니에게 손을 내
밀었습니다. 버스가 멈추자 할아버지가 버스 계단을 밟고 먼저 내

려갔습니다. 그동안 할머니는 버스 안전봉을 잡고 가만히 서 있었지요.

할머니는 안 내리나 싶었는데, 그때 땅에 내려선 할아버지가 할머니에게 다시 손을 내밀었습니다. 소녀같이 수줍게 할머니는 할아버지의 손을 잡았습니다. 할머니가 한 계단 한 계단 내려갈 때마다 할아버지는 "옳지, 옳지, 천천히, 천천히……" 하며 추임새를 넣었습니다. 마치 갓 걷기 시작한 아기를 다루듯 다정하게…….

땅 위에 두 발을 디딘 할머니는 할아버지를 향해 화사한 미소를 지었습니다. 할머니에게서 "나는 사랑받는 여자예요" 하는 아우라가 비쳤습니다. 한평생 그토록 사랑받고 살아간다면 20대 톱 여배우도, 황실의 여왕님도 부럽지 않을 것입니다.

시어머니가
지어주신 밥

언제나 내 책이 출간되면 가장 먼저 사서 본다는 참 고마운 독자인 정란 씨를 만났습니다. 정란 씨는 눈빛에 선함이 가득하고, 두 볼이 햇살을 머금은 듯 환한 얼굴을 가졌습니다. 한번은 중년의 나이에도 소녀처럼 웃을 수 있는 비결을 물었습니다. 그랬더니 정란 씨의 대답이 뜻밖이었습니다.

"시어머니 밥 덕분이에요."

지방이 고향인 정란 씨는 서울에서 직장을 다니다가 서울 남자를 만나 결혼했습니다. 그리고 아이를 갖게 되었습니다.

당시에는 지금처럼 산후조리원이 흔하지 않았습니다. 친정어머니는 서울에 올 형편이 되지 않았고, 산후 조리를 어떻게 해야 할지 고민하고 있는데, 시어머니가 가방을 싸들고 집으로 왔습니다.

"우리 손주 낳아줬으니 편안하게 3개월만 내 시중 받아라."

그 뒤로 3개월 동안, 시어머니는 이 세상에서 가장 소중한 공주님 대접을 며느리 정란 씨에게 해주었습니다. 하루 세 끼, 따끈따끈한 밥을 차려주었는데, 며느리 정란 씨의 밥만 딱 한 공기씩 정성껏 따로 지은 것이었습니다.

미역국은 매번 새로운 재료를 넣어 끓였습니다. 정란 씨는 미역국에 들어가는 재료의 종류가 그렇게 많은 줄 몰랐습니다. 소고기, 홍합, 감자, 황태, 조개, 옥돔 등등……. 양념도 소금, 간장, 된장 바꿔가며 끓였습니다.

언제나 갓 지은 밥에다 미역국을 정갈하게 담아 공주님 모시듯 차려주던 시어머니, 그런 시어머니의 지극정성 덕분에 산후 우울증은 접근도 못했습니다.

아이를 낳고 나니 이 세상에서 가장 소중한 사람이 되어 있었습니다. 정란 씨는 "내가 아주 대단한 일을 해냈구나. 난 정말 대단한 사람이구나" 하는 뿌듯한 마음이 들었습니다. 시어머니 덕분에 남편이 사랑스럽고, 시어머니 덕분에 아이가 더 소중했습니다.

살아가는 동안 어려운 일이 닥칠 때마다 정란 씨는 생각합니다.
'그때 시어머니가 내 밥을 지어주셨지! 그 밥심으로 일어서자!'

집으로
가는 길

　나와 단막극을 같이 작업했던 한 감독님은 마음이 쓸쓸할 때면
언제나 떠올리는 영상이 있다고 합니다.

　어린 시절 아버지가 읍내에서 퇴근할 무렵이면 어머니는 아이들
을 다 데리고 아버지 마중을 나갔습니다.

　등불을 들고 4킬로미터 정도 되는 길을 걸어갔는데, 2킬로미터쯤
걸어가면 멀리서 아버지의 자전거 소리가 들려오기 시작했습니다.
체인이 돌아가는 소리, 자전거 바퀴가 굴러가는 소리, 그리고 손에
든 등불…… 그 따뜻한 영상이 기억에 선명해 잊히지 않는다고 합
니다.

　아버지가 타고 온 자전거는 듬직한 큰아들의 손에 넘겨집니다.

아버지의 빈손은 둘째의 고사리손이 차지합니다. 자전거를 끌고 집까지 걸어가며 이런저런 이야기들을 나누는 아버지와 아이들, 그리고 어머니…….

손에 등불을 들고 도란도란 이야기를 나누며 어둡고 깜깜한 길을 함께 걸어 집으로 가는 사람들…….
가족이란 그런 것 아닐까요?

받은 만큼
갚으며 살아야지

편의점을 하는 후배네 동네에는 폐지 모으는 할머니가 삽니다. 그 할머니는 왼쪽 손목이 완전히 꺾인 장애를 가지고 있지만 씩씩하게 여기저기 다니며 폐지를 모읍니다. 깡마르고 작은 체구에 혼자서 계속 중얼거리며 다니기 때문에 이웃 사람들은 그 할머니가 무섭다고 멀리했습니다.

그러던 어느 날 할머니가 후배네 편의점에 들러 쓰레기 종량제 봉투를 샀습니다. 그러고는 등에 메고 있던 커다란 가방을 벗어서 그 안에 잔뜩 들어 있던 쓰레기를 종량제 봉투에 담았습니다. 폐지를 모으러 길을 다니는 동안 여기저기 흩어져 있는 쓰레기를 주워 가방에 넣어온 것입니다.

그날도 종량제 봉투를 사러 왔기에 물었습니다.

"왜 다른 사람들이 버린 쓰레기를 담아오세요? 짐도 있고 가방도 많이 무거울 텐데요."

할머니가 대답했습니다.

"동네 사람들이 거리에 내놓은 폐지 모아서 내가 살고 있잖아. 조금이라도 공을 갚아야지."

할머니가 지나가고 나면 거리가 깨끗해집니다. 누가 시킨 것도 아니고, 해야 할 의무도 없지만 할머니는 매일 폐지를 모으면서 쓰레기도 같이 줍습니다.

할머니가 종량제 봉투를 사러 오면 후배는 피곤할 때 드시라고 비타민 음료를 주머니에 살짝 넣어드립니다. 그렇게라도 해서 고마운 마음을, 당신이 누구보다 멋지다는 마음을 표현하고 싶어서입니다.

청국장
내음

형부가 충북대에서 교수로 있던 시절, 언니는 청주에서 살았습니다. 서울을 왔다 갔다 하며 방송 일을 하다 보니 아이와 집안일을 돌봐줄 아주머니가 필요했습니다. 다행히 마음이 푸근한 아주머니 한 분을 구하게 되었습니다. 아주머니는 아이를 친자식처럼 돌봐주며 언니네 집 살림을 알뜰하게 해주었습니다.

그러다가 프로그램을 이른 아침 시간으로 옮기면서 청주에서 출퇴근하는 것이 불가능해졌습니다. 언니는 어쩔 수 없이 서울로 이사를 해야 했습니다.

이사하던 날, 3년 동안 정이 든 아주머니와 언니네 가족은 아쉽게 인사를 나누고 작별을 했습니다.

그 뒤 1년쯤 지난 어느 날 형부가 법대 건물에 들어서는데 청국장

냄새 같은 게 퀴퀴하게 났습니다. 무슨 냄새인지 궁금해하며 연구실로 올라가는데, 그 아주머니가 연구실 앞에 서성거리고 있었습니다. 등에 커다란 짐을 지고 말입니다.

아주머니는 청국장을 뜨다가 청국장을 유난히 좋아하던 언니네 가족이 생각났다고 했습니다. 그래서 그 청국장을 등에 한아름 지고, 형부가 충북대학교 법대 교수라는 사실을 기억하고는 학교로 무작정 찾아온 것입니다.

청국장을 얼마나 많이 가져왔는지 짐이 제법 컸습니다. 아주머니는 형부를 보자 그제야 그 커다란 짐을 등에서 내려놓으며 말했습니다.

"교수님 식구들이 청국장을 다 좋아했잖아요. 생각나서 조금 떠 왔어요."

법대 건물로 오려면 오르막길을 걸어 올라와야 했습니다. 무거운 짐을 짊어지고 올라왔을 것을 생각하고, 강의 시간 내내 그 짐을 진 채 서성이며 기다렸을 것을 생각하니, 가슴 깊은 곳에서 뜨거움이 솟구쳤습니다.

청국장을 전해주고 행복한 얼굴로 휘이휘이 걸어 내려가는 아주머니를 배웅한 후에도 형부는 시큰한 콧날을 쥐고 한참을 그 자리에 서 있었습니다.

당신 소원이
내 소원

부부가 같이 산책을 하는데, 하늘에 동그랗게 떠 있는 보름달이 눈에 들어왔습니다. 달빛이 무척이나 아름다워서 부부는 걸음을 멈춰 섰습니다.

아내가 먼저 서고 남편도 멈춰 섰습니다. 아내의 시선을 따라가 보니, 거기 달이 걸려 있었습니다. 아내가 "각자 소원을 빌자"고 말했습니다.

늦은 나이에 공부를 새로 시작한 아내가 소원을 빌었습니다. 지치지 않고 끝까지 갈 수 있게 해달라고, 재능을 뛰어넘을 수 있는 끈기와 노력할 수 있는 힘을 달라고. 그리고 내 옆에 있는 이 사람과 오래오래 행복하게 별 탈 없이 지금처럼만 살 수 있게 해달라고.

소원을 다 빌고 옆을 보니 남편은 아직도 소원을 빌고 있었습니다. 두 눈을 꼭 감고 소원을 비는 남편에게 무슨 소원을 그렇게 간절히 비느냐고 물었습니다. 비밀이라고 하더니, 재차 묻자 남편은 "당신 꿈 이뤄달라고 빌었지"라며 씩 웃었습니다. 달빛이 그의 얼굴을 환하게 비췄습니다.

'이제 내 꿈이 당신의 꿈이 되고 당신의 꿈이 내 꿈이 되는구나.'

아내가 미소 지으며 남편을 바라보았고, 남편도 웃으며 아내의 손을 잡았습니다.

그 어떤 슬픔과 고통이 있어도 그 사람이 있으니 견딜 만하고, 그 어떤 어둠 속에 있어도 등불을 밝혀주는 사람이 있으니 걱정할 것 없고, 그렇게 한 사람의 존재가 내 인생의 커다란 버팀목이 되어준다는 건 참 멋진 일입니다.

이 세상에 그 사람만큼 좋은 사람은 다시없을 거라는 확신, 세상에 그만큼 훌륭한 사람은 또 없을 거라는 믿음, 이런 신뢰가 있다는 것은 참 소중한 일입니다.

그와 함께 있을 때는 본래보다 뛰어난 내가 되는 기분, 그를 위해서 이전의 나보다 더 나은 내가 되고 싶어지는 마음, 함께 있을 때는 모든 부정적인 것들이 사라지는 것 같은 느낌, 이런 사람이 곁에 있다는 것은 참 행복한 일입니다.

어떤 사람에 대한 이런 충만한 느낌은 그냥 오는 것이 아닙니다. 말 못하는 그리움과 기다림의 세월을 지나, 함께 겪은 고통과 슬픔의 계단을 지나 비로소 다가오는 생의 축복입니다.

바라보는 하늘에 달처럼 밝게 떠오르는 얼굴이 있다면, 당신은 세상을 다 가진 부자입니다.

따뜻한
카리스마

굴지의 금융 회사에서 오래 근무한 지인은 외환 위기 때 이야기를 하며 참 힘든 시기였다고 회고합니다. 그 시절 그는 회사의 인사부장 자리에 있었는데, 사장이 그에게 전 직원의 3분의 1 이상의 인원을 감원해야 하니 그 명단을 제출하라고 했습니다.

모두 집안의 가장이고 가족을 부양해야 하는 사람들일 텐데, 어떻게 해고를 시켜야 할지 아득했습니다. 누구를 해고할지 정하는 것도 어렵기만 했습니다. 그는 며칠 동안 머리를 감싸 쥐고 고민하다가 도저히 견딜 수가 없어서 자신이 먼저 사표를 썼습니다. 사장은 지인의 사표를 수리하는 대신 평직원으로 발령을 냈습니다. 한직으로 밀려났지만 누구를 해고하는 일은 하지 않아도 되어 지인은 다행이라 여겼습니다.

　그러나 그가 하지 못한 일을 누군가는 하게 마련입니다. 머지않아 전 직원의 3분의 1에 해당하는 해고자 명단이 발표되었습니다. 이미 인사부장 자리에서 물러났고, 본인이 해고자 명단을 작성해서 제출한 것도 아니지만 그날부터 지인은 해고자들을 일일이 찾아 다녔습니다. 고기와 과일 등을 사서 집을 찾아가 그들의 가족에게 건네고는 진심으로 사과했습니다.

　"미안합니다. 제가 막지 못했습니다."

　회사 직원들은 모두 그가 한 일이 아니라는 것을 알고 있었습니다. 그 일 때문에 부장 자리에서 평직원으로 물러난 것도 알았습니다. 그런데도 그는 잘못했다고 고개 숙여 사과하며 해고 직원과 그 가족의 아픔을 같이 나눴습니다.

　회사 형편이 어려워 지금은 이럴 수밖에 없지만 꼭 다른 자리를 알아봐드리겠다고, 그러니 낙심 말고 조금만 기다려 달라고 약속한 그는 모든 노력을 다해 새로운 일자리를 알아보고 소개했습니다. 그리고 해고된 사람들을 다시 불러 모아 같이 일하기 위해서는 회사를 살려야 한다며 밤낮없이 일했습니다.

회사의 상무 자리에 오른 지금까지 그는 술을 먹고 2차, 3차까지 가는 회식 자리를 한 번도 갖지 않았습니다. 그 대신 미술 전시회나 음악회를 직원들과 같이 가거나, 책을 사서 건네며 격려합니다.

그는 항상 부드럽게 미소 짓습니다. 그런데도 직원들은 하나같이 그를 무섭다고 합니다. 직원들이 일을 잘하지 못하면 화를 내지 않습니다. 그러나 잘못된 것은 조목조목 짚어줍니다. 조용하면서도 따뜻한 카리스마가 전해집니다. 직원들은 그를 존경하며 그에게 인정받고 싶어 합니다. 그래서 더 열심히 일합니다.

카리스마는 군림하고 누르고 압박을 가하는 데서 발생하는 게 아닙니다. 카리스마는 뚜렷한 소신과 상대를 진정으로 위하는 마음에서 느껴집니다.

인생의
짐

진희는 그동안 미뤄뒀던 집안일을 했습니다. 대청소를 하고, 계절에 맞는 이불을 꺼내고, 세탁기를 돌리고 나서 빨래를 너는데, 노을이 지는 하늘이 그날따라 더 붉게 보였습니다. 어머니 생각이 났습니다.

어머니는 노을 지는 저녁이 하루 중 가장 좋다고 했습니다. 오늘 하루도 무사히 지나가서, 그리고 가족들이 집으로 돌아오는 시간이기에.

어머니도 이 노을을 보고 있겠다고 생각하니 저도 모르게 입가에 미소가 번졌습니다.

수요일마다 작가 교육원에 다니게 되었다는 말을 어머니에게 한 이후로, 어머니의 SNS 메신저 프로필 글귀는 "새롭게 시작하는 널

응원한다"로 바뀌었습니다. 그리고 수요일이면 어김없이 어머니에게서 전화가 걸려왔습니다. 잘 다니고 있느냐, 많이 배웠느냐, 재미있느냐, 친구는 많이 사귀었느냐……. 어머니의 질문은 끝이 없었습니다.

"넌 태몽부터 남달랐어. 분명히 큰 인물이 될 거야"라고 어머니는 자주 말했습니다. 어머니에게 진희는 말 그대로 꿈이자 희망이었습니다. 그런데 진희는 실전에 약했습니다. 수능에서는 모의고사 때보다 훨씬 낮은 점수를 받았습니다. EBS를 보며 채점을 하던 딸 옆에서 큰 기대를 했던 어머니는 가채점하던 종이에 빗살이 그어질 때마다 눈물을 훔쳤습니다.

그 후로도 진희는 계속 어머니의 기대에 부응하지 못하는 딸이었습니다. 뭘 해도 잘 풀리지 않았습니다. 그렇게 어머니의 꿈이 사라져갔습니다. 어머니의 기대에 미치지 못한 삶은, 진희에게도 인생의 짐입니다. 그리고 어머니에게 진 큰 마음의 빚입니다.

진희가 다시 꿈을 꾸기 시작했습니다. 그러자 엄마도 다시 꿈을 꾸기 시작했습니다. 진희는 생각합니다. 그 빚을 갚을 수 있으면 좋겠다고. 그래서 무거운 짐 하나 내려놓을 수 있으면 좋겠다고.

멋있게
늙고 싶다

어느 날 요가 학원 선생님이 말했습니다.

"하루 한 시간 힘들여 하는 요가보다 평상시에 자세를 꼿꼿이 하는 게 훨씬 더 효과가 있습니다."

문득 아버지 생각이 났습니다. 아버지는 평생 단 한 번도 흐트러진 모습을 보인 적이 없습니다. 80대 중반의 연세에도 아버지는 항상 몸가짐을 똑바로 했습니다. 소파에 앉아 있을 때도 항상 허리를 꼿꼿이 세우고 앉았고, 걸을 때도 허리를 굽히지 않았습니다.

한번은 아버지가 계단을 오르는 것이 힘들어 보여 곁에서 부축을 하려고 했습니다. 그러자 아버지가 근엄하게 말했습니다.

"혼자 걸을 수 있다."

아버지의 카리스마에 눌려 얼른 손을 떼고 옆에서 걸었습니다. 아버지는 허리를 펴서 꼿꼿이 계단을 올라갔습니다.

어느 날인가는 소파에 앉아 있는 아버지가 갑자기 늙어 보였습니다. 나는 아버지가 앉아 있는 소파로 가서 신문을 보는 아버지의 어깨를 주물렀습니다. 그때 역시 아버지는 안마를 거부했습니다.

"놔둬."

"에이, 주물러 드릴게요."

그러자 아버지는 말했습니다.

"니들이 언제나 내 어깨를 안마해 줄 수 있는 것도 아닌데, 괜히 습관이 되면 외로워진다. 놔둬라."

안마도 습관이 된다며 거부했던 아버지. 아버지는 그렇게 자기 관리가 철저했습니다. 퇴직한 후에도 아버지는 언제나 새벽에 일어났고, 건강 관리를 하지 않으면 자식들에게 짐이 된다며 아침 운동을 나가곤 했습니다. 그리고 돌아가시기 전날까지도 당당한 걸음걸이로 걸어 다녔습니다.

나는 지금도 글을 쓸 때는 꼬부랑 할머니처럼 등을 잔뜩 구부리고 있습니다. 걸을 때도 꼿꼿이 등을 펴고 걷는 게 쉽지 않습니다. 그럴 때마다 아버지가 얼마나 대단한 분이었는지 절실히 느낍니다.

육체든 정신이든 아름답게 늙어가기는 참 힘든 일입니다. 정신에는 쓸데없는 욕심과 아집의 지방질이 자꾸 생겨나고, 육체에도 자꾸 지방질이 붙어갑니다.

몸도 마음도 자꾸 돌봐야겠습니다.
그래서 멋있게 늙어가고 싶습니다. 아버지처럼.

구겨진 종이 한 장의
위로

직장에서 갑작스러운 해고를 당한 윤정이는 인생의 돌부리에 걸려 크게 넘어진 기분이었습니다. 취직했을 때, 서른 살 넘을 때까지 이런저런 아르바이트만 전전하더니 드디어 제대로 된 직장을 가졌다며 기뻐하던 부모님 얼굴이 떠올랐습니다. 친구분들에게 자식 취직 턱까지 내며, "내 딸 자랑스럽다"고 하던 부모님이었습니다. 어떻게 해고 사실을 알려야 할지 막막했습니다.

취직했다며 자기 일처럼 기뻐해준 친구들과 친척들에게도 면목이 없고, 온 세상이 다 차갑게 등을 돌린 것 같았습니다. 넘어진 자리에서 어떻게 일어나야 할지 몰랐습니다.

회사 책상에 있는 짐들을 꾸려 박스에 담는데 문득 종이 한 장에 눈길이 닿았습니다. 꾸깃꾸깃 구겨지고 누렇게 바랜 그 종이는 초등학교 1학년 때 받은 가정 통신문이었습니다.

초등학교 1학년 시절, 윤정이는 학교에서 돌아오는 길에 자동차 과속 방지 턱에 걸려 넘어졌습니다. 넘어질 때 왼팔을 잘못 디디는 바람에 팔뼈가 부러지고 말았습니다. 병원에 가서 간단한 응급처치를 하는데 아파서 고래고래 비명을 질렀습니다.

다음 날에는 다른 정형외과에 갔습니다. 의사가 뼈를 바로 잡아야 한다며 생뼈를 부러뜨리고 다시 맞추는 치료를 했습니다. 하늘이 노랗게 변했습니다. 식은땀이 나고 온몸이 덜덜 떨렸습니다. 그렇게 고통스러운 치료를 끝내고 집으로 돌아왔습니다.

기진맥진해서 누워 있는데 어머니가 종이 한 장을 건넸습니다. 넘어질 때 손에 들고 있다가 놓친 가정 통신문이었습니다.

"소영이가 길에서 주웠다고 집에까지 가져왔더라."

소영이는 이름만 겨우 알고 있는 친구였습니다. 몸과 마음이 다 지쳐 쓰러져 있는데 그 종이를 받아든 순간 마음이 따뜻해져 왔습니다. 거리에 떨어져 더러워지고 구겨진, 친구가 가져다준 그 종이가 얼마나 큰 위로가 되던지요.

종이의 뒷면에는 소영이의 글이 비뚤비뚤한 글씨로 쓰여 있었습니다.

"다 나으면 놀자."

그 뒤로도 윤정이는 한동안 병원에 다녀야 했습니다. 치료 받으러 다니는 내내 소영이의 그 말이 응원처럼 들렸습니다. 다 나으면 놀자, 다 나으면 놀자…….

드디어 깁스를 풀고 학교에 간 날, 가장 먼저 소영이를 찾았습니다. 신이 나게 놀고 싶었습니다. 그런데 소영이는 멀리 이사를 가버린 후였습니다.

그 후 소식이 끊겨서 소영이를 다시 만날 수는 없었지만, 그 아이가 전해준 종이 한 장은 살아가는 내내 버릴 수 없었습니다.

"다 나으면 놀자."

성인이 되어서도 다이어리에 꽂아둔 누렇게 바랜 종이. 그 뒷면에 쓰인 소영이의 글씨를 보고 있자니 힘이 났습니다.

'그래. 내 마음이 지금 아픈 것도 곧 나을 거야. 죽을 듯이 아팠던 팔도 이제는 다 회복됐잖아. 그래서 그때 얼마나 아팠는지도 다 잊고 말았잖아.'

윤정이는 힘차게 발걸음을 내디뎠습니다.

올레길
클로버 아저씨

　직장 생활을 하는 은정이 제주도로 출장을 갔을 때의 일입니다. 오전에 도착해서 업무를 보고 점심 무렵의 비행기를 타고 다시 서울로 돌아오는 빠듯한 일정이었습니다. 일을 다 마친 은정은 공항에 들어섰습니다.

　그런데…… 돌아가기가 정말 싫었습니다. 무엇에 홀린 듯 서울로 가는 일정을 변경해 버렸습니다. 그 달만 해도 세 번의 당일치기 출장이 있었지만 그렇게 일탈을 해보기는 처음이었습니다.
　필요한 것들을 몇 가지 사서 눈에 보이는 게스트하우스로 무작정 들어갔습니다. 그리고 아무 계획 없이 처음 만난 같은 방 사람들과 하루를 보냈습니다.

다음 날, 든든히 아침 식사를 하고 업무차 내려오느라 입은 정장을 그대로 입은 채로 올레 7코스를 걷기 시작했습니다. 그날은 세월호 참사가 있은 지 열흘도 지나지 않은 날이었습니다. 올레길이 한산했습니다.

혼자 20킬로미터에 가까운 거리를 걷는데, 자꾸 뒤따라오는 어떤 아저씨가 보였습니다. 조금씩 겁이 나기 시작한 은정은 중간 지점인 풍림리조트에서 멈춰 섰습니다. 그리고 아저씨가 지나가기를 기다렸습니다.

그런데 뒤따라오던 아저씨도 멈추더니, 리조트 앞에 있는 꽃밭에 한참을 쪼그리고 앉아 있었습니다.

'아, 저 아저씨 저기서 뭐 하는 거야?'

더 의심이 되고 짜증까지 나려는 찰나, 아저씨가 손에 들풀과 꽃으로 엮은 작은 다발을 들고 해안가로 걸어갔습니다. 그리고 그 꽃다발을 물에 고이 떠내려 보냈습니다.

그늘에서 그 모습을 지켜보던 은정이 경계를 풀고 물었습니다.

"뭐 하시는 거예요?"

그가 떠듬떠듬 대답했습니다.

"세월호 참사를 애도하고 싶어서 그랬습니다."

어설픈 한국말을 하는 중국인이었습니다.

그는 은정에게도 작은 풀 하나를 내밀었습니다.

"이거…… 받으세요."

그가 조심스럽게 건네는 것은…… 네 잎 클로버였습니다.

남은 길 잘 걸어가라며 건네는 네 잎 클로버를 받으며 은정은 참 좋은 사람을 치한 취급하며 경계했던 마음이 부끄러웠습니다.

올레길 아저씨의 그 네 잎 클로버는 아끼는 책 사이에 끼워 잘 말렸습니다. 그리고 코팅해서 다이어리에 넣고 다닙니다. 그 네 잎 클로버는 이제 은정의 수호천사입니다.

눈물의
삼계탕

　지선이 첫아이를 임신했을 때 남편은 독일 유학생이었고, 지선은 유학생 남편을 따라간 새댁이었습니다.

　아이를 임신한 후 입덧 때문에 거의 아무것도 먹지 못했습니다. 두 달 동안을 그렇게 입에 들어가는 족족 토해내며 기운 없이 누워 지냈습니다. 엄마가 끓여준 구수한 된장찌개나 얼큰한 김치찌개를 먹으면 좀 나아질 것 같은데, 독일이다 보니 음식 재료를 구하기도 쉽지 않았습니다.

　그날도 지선이 혼자 소파에 기력 없이 누워 있는데 초인종이 울렸습니다. 힘겹게 몸을 일으켜 현관문을 열자, 이웃에 사는 한국인 아주머니가 서 있었습니다. 한국인이 드문 동네라 몇 번 반가운 인사를 나눈 아주머니인데, 나이로는 엄마뻘 되는 분이었습니다.

직장에 다니는 아주머니는 입덧 중인 지선이 걱정이 돼서 점심시간에 짬을 내서 삼계탕을 끓여왔다고 했습니다. 삼계탕을 받아드는 지선에게 그 따뜻한 기운이 손끝으로, 눈가로 전해져 와 갑자기 눈물을 쏟고 말았습니다.

"엄마 생각이 나서요."

이렇게 말하며 우는 지선의 어깨를 안고 이웃 아주머니는 한참 등을 도닥여주었습니다.

삼계탕이라고 입덧의 예외 음식은 아닌지라 한 입 먹고 화장실 가고, 또 한 입 먹고 화장실 가곤 했습니다. 그러나 피붙이도 아닌, 단지 이웃에 사는 가난한 새댁을 위해 삼계탕을 끓여온 이웃 아주머니의 정성에 감사해서 단 한 숟가락도 버릴 수 없었습니다. 지선은 감동으로 눈물을 뚝뚝 흘리며 삼계탕 한 그릇을 다 비웠습니다.

저마다
인연이 있어서

오래전 방송 프로그램을 같이 한 후부터 친하게 지내는 이주향 교수님은, 서로 바빠 자주 만나지는 못해도 만나면 어제 만난 듯하고 못 만나도 서로 응원해 주는 것 같아 생각하면 늘 기분이 좋아집니다.

이주향 교수님은 얼마 전 다리를 다쳤습니다. 다리를 다치고 보니 필요한 장비들이 많았습니다. 보호대도 필요하고, 목발도 필요했습니다. 그런데 다리가 다 낫고 나서는 금세 그것들이 필요 없게 되었습니다.

어느 날 이주향 교수님 댁의 세탁기가 고장이 나서 수리 기사가 고치러 왔습니다. 세탁기 수리가 생각보다 오래 걸리자, 이주향 교수님은 빵을 구워서 우유와 함께 내드렸습니다. 기사가 좋아하며 말했습니다.

"우리 아내가 아침마다 해주던 것과 맛이 똑같아요."

"왜 과거형이에요? 지금은 안 해줘요?"

"아내가 다리를 다쳐서 병원에 입원 중이라서요."

"그럼 목발과 보호대가 필요하겠네요?"

"네. 필요하긴 한데, 알아보니 꽤 비싸더라고요."

기사가 걱정스러운 얼굴로 말하자 교수님은 기쁜 마음으로 목발과 보호대를 내줬습니다. 엉겁결에 목발과 보호대를 받아들게 된 기사가 감격하여 고맙다고 몇 번이나 고개를 조아렸습니다.

"고맙긴요. 제게는 더 이상 필요 없는 물건들이에요. 이거 주인 찾아주려고 세탁기가 고장 났나 봐요."

교수님은 행운 가득한 목발이니까 아내분도 빨리 완쾌될 거라고 말해줬습니다.

기사가 돌아가고 난 후 이 교수님은 생각했습니다. 물건에도 저마다 인연이 있나 보다고. 저리로 갈 인연이어서 그를 이리로 불렀나 보다고.

아침밥 짓는
남자

　책을 만들던 한 남자가 있습니다. 그는 새벽 5시에 일어나 졸린 눈을 비비며 손수 쌀을 씻고 따뜻한 밥을 짓습니다. 뚝딱뚝딱 몇 개의 반찬을 하고 보글보글 맛깔스러운 찌개를 끓입니다.

　시계가 새벽 5시 반을 가리키면 중·고등학생쯤으로 보이는 아이들이 이 방 저 방에서 잠이 덜 깬 눈으로 나옵니다. 북한에서 온 청소년들입니다. 10대 아이들, 사지를 넘어온 그들은 따뜻한 밥 한 그릇, 따뜻한 온기가 누구보다 필요한 아이들이었습니다. 아이들은 식탁에 둘러앉아 남자가 지은 밥을 먹습니다. 식탁에 가족이 모이기 힘든 요즘인데, 그들이야말로 같이 식사하는 '식구食口'가 됐습니다.

남자는 결혼도 하지 않고 이 아이들을 자식 삼아 돌보며 하루를 시작합니다. 아이들에게 따뜻한 집, 따뜻한 가족을 만들어주고 싶은 마음에 시작한 일이었습니다. 늦잠 자는 꼬맹이들을 깨워 밥을 먹이고 학교에 보내고 나면 또다시 바빠집니다. 청소기를 밀고, 묵은 빨래를 하고, 학교에서 돌아온 아이들을 위해 찬거리를 준비합니다. 한 명이었던 아이의 수는 열 명이 되었습니다. 그리고 그들은 진심을 나누는 가족이 되었습니다.

따뜻한 밥 한 끼에 담긴 온기. 그는 밥이 아닌 진심을 새벽마다 짓습니다. 그 진심 하나로 아이들을 보듬어 안고 진짜 가족을 만들어 갑니다.

이런 남자를 우리는 이웃으로 두고 있습니다.
책을 만들던 한 남자가 지금은 따뜻한 밥을 짓고 있습니다.

말없는
충고

아버지는 말이 많지 않았습니다. 언니는 특별히 과묵했던 아버지와의 일화 하나를 아직도 선명히 기억합니다.

고등학생 시절, 언니는 집을 떠나서 제주시에서 자취하면서 외로움에 시달렸습니다. 그 시기에 언니를 구원한 것은 소설책과 영화였습니다. 학교 끝나면 만날 사람도 없고, 따로 만날 친구도 사귀지 않았습니다. 틈만 나면 집에서 소설책을 읽거나 혼자 영화를 보러 갔습니다.

고3 때 예비고사를 일주일 앞둔 그날도 자취집 근처에 있던 동양극장으로 영화를 보러 갔습니다. 영화를 보고 나오다가 같은 건물에 있던 치과에서 나오던 아버지와 딱 마주쳤습니다. 고3 수험생이 학교에 있어야 할 시간에 극장에서 나오는 것을 딱 들키고 말았으니……. 언니는 두려움 가득한 눈으로 아버지를 보았습니다.

아버지는 언니 손에 있던 영화표를 쓱 내려다보았습니다. 언니는 덜덜 떨고만 있었습니다. 그런데 아버지가 아무 말도 하지 않고 돌아서서 걸어갔습니다.

'뭐지? 왜 아무 말씀도 안 하시지?'

그 자리에서 쩔쩔매고 있는데, 몇 걸음 걸어가던 아버지가 다시 뒤돌아 걸어왔습니다. '이제 죽었구나' 하며 언니는 눈을 질끈 감았습니다. 그런데 뜻밖에도 아버지가 양복 주머니에서 지갑을 꺼내더니, 만 원짜리 몇 장을 꺼내 건네주었습니다. 언니가 아무 말도 못하고 손을 내밀어 주섬주섬 돈을 받자, 아버지는 아무 말 없이 그대로 돌아서서 멀어져 갔습니다.

집에 가서 뵙거나 전화 통화를 할 때도 아버지는 그날의 일을 절대 언급하지 않았습니다. 그 후 언니는 학교를 빼먹고 영화관에 가는 일은 절대 하지 않았습니다.

아버지를 통해 우리는 배웠습니다. 설령 아이가 실수를 저질렀다고 해도 말없이 기다려줄 수 있어야 한다는 것을……. 부모는 마음속으로 이해하고 따뜻하게 손을 잡아줄 수 있어야 합니다. 아이는 그런 부모의 사랑으로 힘든 시절을 견뎌냅니다.

힘든 상황이 끊임없이 여러 가지 형태로 밀고 들어오는 것이 인생입니다. 사춘기는 성장기에 올 수도 있고, 30대, 40대, 50대에 올 수도 있는데, 그때마다 사회에서 흠뻑 야단을 맞게 되어 있습니다. 집에서까지 그런 사람에게 화내고 야단치면 정말 외로울 것입니다. 그에게 이 세상이 황폐한 유배지처럼 느껴질 것입니다.

대답하고 싶지 않을 때, 대답하기 힘들 때, 그것에 대해서 따져 묻지 않고 그저 입을 다물어준 아버지의 말없음표……. 결코 잊을 수 없는 따뜻한 회초리입니다.

진짜
부자

언니는 명절 때가 되면 차례를 도맡아 지내는 큰동서에게 줄 추석 선물을 사고 싶었습니다. 하지만 마땅한 게 없었습니다. 그래서 봉투에 돈을 넣었습니다. 분명히 받지 않으려 할 것이니 책 안에 그 봉투를 넣어서 드렸습니다.

얼마 후, 월드비전에서 우편물 하나가 왔습니다.

"송정연 님, 30만 원 기부해 주셔서 감사합니다."

큰동서에게 준 돈이 고스란히 언니 이름으로 기부가 되었던 것입니다. 지금까지 계속 드린 차례 비용이나 제사 비용도 월드비전에 언니 이름으로 꾸준히 기부되어 왔다는 것을 뒤늦게 알게 되었습니다. 언니는 자신도 모르는 사이에 기부하는 사람, 누군가에게 참 좋은 사람이 되어 있었습니다.

어느 날은 형부에게 전화 한 통이 걸려왔습니다. 돌아가신 형의 친구에게서 온 전화였습니다. 형부의 형은 자상하고 유능한 의사였는데, 몇 해 전 불의의 사고로 세상을 떠났습니다. 환자들을 제 가족처럼 돌보던 진정한 명의였던 형이 세상을 떠나고 나서 형부는 한동안 불쑥불쑥 터져 나오는 눈물 때문에 운전을 못할 정도였다고 했습니다.

형의 친구는 전화해서 대뜸 물었습니다.

"너, 학교에 상호 이름으로 기부했냐?"

"아뇨. 제가 안 했는데요."

"이상하다? 이상호 이름으로 고대 의대 발전 기금을 냈던데?"

의아해하던 형부가 형수에게 전화를 걸었습니다. 형수는 "제가 조금 냈어요" 하고는 쑥스러운 듯 전화를 얼른 끊었습니다. 고대 의대 본관 준공식에 초대장을 받은 형부는 언니와 조카를 데리고 기쁜 마음으로 학교를 찾아갔습니다.

안내하는 곳으로 가보니 거기 '이상호 강의실'이 있었습니다. 세상을 떠난 형의 이름이 붙은 강의실을 보고 벅찬 마음에 눈시울이 뜨거워졌습니다. 형은 세상을 떠났지만 그 뜻은 세상에 남아 있으니, 형이 살아 있는 듯 반갑고 고마웠습니다.

언니의 큰동서인 온해선 원장은 평소에 절약 정신이 투철합니다. 한번은 언니가 겨울에 갑자기 집을 방문했더니 난방비를 절약하느라 이불을 뒤집어쓰고 텔레비전을 보고 있었습니다. 아이들 용돈에 대해서도 교육이 철저해서 돈 한 푼 헛되이 쓰는 것을 용납하지 않습니다. 옷 한 벌 사는 데는 벌벌 떱니다. 그러나 사회를 위해 내놓는 데는 아끼지 않습니다.

진짜 부자는 이런 사람이 아닐까요? 잘 버는 사람이 아니라 잘 쓰는 사람, 제대로 쓸 줄 아는 사람이 진짜 부자입니다.

매 맞으러
가는 날

작가 교육원에서 수업할 때 작품을 내면 그 작품을 읽어온 다른 교육원생들이 합평이라는 것을 합니다. 힘들게 쓴 대본을 다른 사람이 지적한다는 것은 당사자로서는 참 아픈 일입니다. 그래서 몇몇 교육원생들은 합평을 받다가 그 자리에서 울기도 합니다.

합평 받는 자리에서 민주는 참 많이 지적을 받았습니다. 교육원생들의 날카로운 지적에 상처를 받지 않았을까 걱정이 되었습니다. 합평이 끝나고 민주가 말했습니다.

"엄마가 오늘 점심 먹고 나서려고 신발을 신는데 물으셨어요. '매 맞으러 가는 날이니?' 그러면서 '매 많이 맞아야지'라고 하셨어요."

민주의 그 이야기를 듣는데 가슴으로 뜨거운 것이 올라왔습니다. 딸을 적지에 내보내는 엄마의 마음이 느껴졌기 때문입니다.

민주는 혹독한 합평에도 울지 않았고, 오히려 웃었습니다. 그리고 말했습니다.

"고맙습니다. 저는 매를 맞은 게 아니라 여러분의 좋은 말씀을 선물로 받았습니다."

나중에 민주에게 물었습니다. 그날 많이 힘들지 않았느냐고. 그러자 민주가 활짝 웃으며 대답했습니다.

"엄마한테 그런 얘기를 듣고 나오니까 그게 아무것도 아닌 게 되더라고요."

의연한 엄마의 태도가 자식의 인생에 얼마나 중요한지 또 한 번 느꼈습니다.

누룽지
친구

집 현관문에 또 누룽지가 한 봉지 걸려 있었습니다.

"이 녀석이 또 다녀갔군."

며칠에 한 번씩 현관문에 누룽지를 걸어놓고 가는 친구, 벨을 누르면 괜히 귀찮을까 봐 살짝 누룽지만 놓고 가는 그 친구는 지인의 군대 친구입니다.

그 친구는 중학교를 졸업하고 곧바로 취업 전선에 뛰어들었다고 합니다. 한동안 건물 주차요원도 하고 대리기사 일도 하면서 지냈습니다. 요즘에는 식당 주방에서 일하는데, 식당에서 나오는 누룽지를 챙겨다가 매번 현관문에 걸어놓고 가는 것입니다.

"이제 그만 가져와. 내가 미안하잖아"라고 하면 친구가 말합니다.

"누룽지도 안 받으면 나는 너한테 뭘 해준다냐? 내 기쁨 빼앗지 말어라이."

지인의 아내는 남편의 스웨터를 사러 갔다가 남편의 누룽지 친구 생각이 나서 한 벌 더 샀습니다. 그 스웨터를 받아들고 "나 같은 친구도 친구라고…… 뭐 이런 걸……" 하며 눈시울이 붉어지는 누룽지 친구에게 지인의 아내가 말했습니다.

"우리 남편이 늘 말해요. 친구 중에 가장 훌륭한 친구라고요."

최근에는 집 현관문 앞에 놓아두는 물건이 하나 더 늘었습니다. 산에 다니기 시작한 후로 고로쇠 물까지 놓고 가는 것입니다.

"이건 또 뭐냐?"

"그거이 고로쇠 물인디 건강에 왔다여! 꾸준히 먹어봐라이. 건강해야 오래 보고 살 것 아니여!"

지인은 누룽지 친구가 놓고 간 고로쇠 물을 먹으며 세상에서 가장 행복한 미소를 짓습니다.

밥을 하고 난 후 오래오래 뜸을 들인 자리에 남는 구수한 누룽지, 뭉근한 불에서 오랜 시간 익어가는 누룽지, 한입 떠먹으면 몸보다 마음에 먼저 평화롭고 따스한 기운을 보내주는 누룽지, 그래서 몸보다 마음이 먼저 건강해지고 행복해지는 누룽지……. 친구는 그렇게 누룽지 같은 존재가 아닐까요?

내가 준 셈
치겠다

　예전에 우리 집에는 희순이 언니가 살았습니다. 고아인 희순이 언니를 어머니는 딸처럼 키웠습니다.

　초등학교 1학년 무렵, 학교에서 머리가 아파 조퇴하고 일찍 와보니 희순이 언니가 장롱을 뒤지고 있었습니다.

　"언니, 뭐 해?"

　내가 묻자 희순이 언니가 화들짝 놀라며 들고 있던 가방을 놓쳤습니다. 그 가방에서 돈이 떨어졌습니다.

　"언니, 돈 훔치는 거야?"

　내가 묻자 언니가 내 입을 막으며 사정했습니다.

　"어머니한테 말하지 말아줘. 돈이 꼭 필요해서 그래."

　나는 너무 놀라 언니 옷을 잡고 울었습니다.

　"그러지 마. 그건 도둑질이잖아."

희순이 언니도 울며 나에게 두 손을 모아 싹싹 빌었습니다.

"제발 부탁이야. 나 좀 봐줘."

언니는 나를 뿌리치고 돈을 훔쳐 그렇게 달아나고 말았습니다. 과수원으로 달려간 나는 일을 하는 어머니에게 일러바쳤습니다.

"희순이 언니가 우리 돈 훔쳐서 도망갔어."

어머니는 한숨을 내쉬고 한참 생각하더니 말했습니다.

"그냥 놔둬라. 내가 준 셈 치겠다."

희순이 언니가 동네의 불량한 남자와 사랑에 빠진 사실을 어머니는 이미 알고 있었습니다. 그 남자와 만나지 말라고 여러 번 충고했지만 듣지 않더니, 결국 희순이 언니는 그 남자와 그렇게 도망쳤습니다. 희순이 언니가 좋은 남자와 결혼하면 주려고 어머니가 모아두었던 돈은 사라지고 말았습니다. 어머니가 희순이 언니를 불러 돈 있는 곳을 가리키며 "저기 너 시집갈 때 주려고 돈 모아두고 있다"고, 희망을 가지고 살라고 말한 적 있는데 그 돈을 훔쳐달아난 것입니다.

얼마 후 희순이 언니는 그 남자에게서 버림받고 비참한 처지가 되어 다시 돌아왔습니다. 어머니는 돈을 훔쳐 달아난 사실에 대해

단 한마디도 하지 않았습니다. 그저 언니에게 따뜻한 밥을 지어 내놓았습니다. 밥상 앞에 앉아 고개를 푹 떨구는 희순이 언니에게 어머니는 숟가락을 쥐여주고 조용히 방을 나섰습니다. "언니 밥 먹게 너도 어서 나와"라고 했지만, 나는 언니가 돌아온 게 그저 좋아서 언니 옆에 있었습니다.

희순이 언니가 밥을 한 숟가락 떠먹나 싶더니 어깨를 들썩였습니다. 오래오래 그렇게 어깨를 들썩이며 울었습니다. 왜 어른들은 울어도 소리가 나지 않을까, 어린 마음에 나는 그게 무척 신기하고 궁금했습니다.

"언니, 울어?"

"……"

"왜 울어?"

"야단맞았잖아. 그래서 울지."

어머니는 한마디도 야단치지 않았지만 희순이 언니는 어머니의 꾸중을 알아들었습니다. 야단치지 않고 야단치는 법을 나는 어머니에게서 배웠습니다.

나는 사람을 혼내거나 충고하는 방법이 매질이나 체벌, 잔소리라고 생각하지 않습니다. 가장 좋은 방법은 오히려 말없이 믿고 사랑해주는 것입니다. 어머니에게서 나는 단 한 번도 혼나본 적이 없지만 돌아보면 늘 어머니에게 혼나왔던 것 같습니다. 지켜봐주고 믿어주는 마음은 회초리보다 더 따끔한 벌입니다.

그 후 정말 좋은 아저씨를 만나 시집가는 그날까지 희순이 언니는 우리 네 자매와 같은 밥상에서 밥을 먹고 한 이불을 덮고 잠을 자며 지냈습니다.

2장

그 사람이 내게 온다는 건

조금만
기다려주세요

어머니가 수술하기 전날, 직장 다니는 딸 서진은 퇴근길에 병실에 들어서다가 깜짝 놀랐습니다. 보호자 침상에 눈가가 빨갛게 된 낯선 아저씨가 앉아 있었습니다. 아저씨는 계속 어머니 곁을 지키고 있었나 봅니다.

어머니를 위해 울어주는 남자가 있다는 게, 어머니를 여자로 대해주는 남자가 있다는 게 서진은 믿기지 않았습니다. 그리고 정말 기뻤습니다. 평생 고생만 하고 살아온 어머니에게 든든한 지원군이 생겼구나, 평생 외롭게 살아온 어머니에게 따뜻한 수호천사가 생겼구나…….

그로부터 1년 뒤 그 아저씨는 새아버지가 되었습니다. 그리고 서진은 알게 됐습니다. 러닝셔츠 차림으로 아내 대신 청소기를 돌리는 남편도 있다는 것을, 아내의 손톱, 발톱을 깎아주는 남편도 있다는 것을, 여름밤이면 자식들 방마다 모기향을 챙겨주는 가장도 있고, 비가 오면 우산을 들고 나와서 딸을 기다리는 아버지도 있다는 것을 말입니다.

서진은 행복해서, 그래서 가끔 두려워집니다. 이 모든 게 꿈은 아닐까…….

서진은 새아버지에게 이런 편지를 씁니다.

아버지가 손수 벽돌을 쌓아서 만든 집,

아버지가 정성스럽게 가꾼 텃밭,

아버지의 손길이 곳곳에 닿아 있는 이곳이 저는 참 좋아요.

작년에 포도 수확할 때 아버지가 그러셨잖아요.

익는 속도가 똑같으면 한 번에 다 따버리면 되지만,

같은 가지에서 난 포도도 익는 속도는 다를 수 있기 때문에

조심히 살펴서 딸 것은 따고, 둘 것은 두어야 한다고.

아버지에 대한 제 마음도 그런가 봐요.

어딘가는 달게 익고, 어딘가는 아직 시큼하고.

조금만 더 기다려주세요. 조금만…….

소리 없는
대화

한 아주머니가 버스에 올라탔습니다. 카드를 찍고 빈 좌석을 향해 가는데, 기계음이 울렸습니다.

"카드를 다시 대주세요."

운전기사는 연신 "아줌마! 아줌마!" 불러댔습니다. 거울을 통해 운전기사의 시선과 마주치고 나서야 아주머니는 상황을 눈치챈 듯 부랴부랴 단말기 쪽으로 가서 카드를 다시 찍었습니다.

몇 정거장쯤 지났을 때, 20대 초반으로 보이는 한 남자가 버스에 탔습니다. 머리카락은 노랗게 염색했고, 골반에 걸쳐 입은 찢어진 청바지는 금방이라도 흘러내릴 것 같았습니다. 무심코 뒷자리로 가려는 그를 누군가가 붙잡아 세웠습니다. 방금 전의 그 아주머니 였습니다.

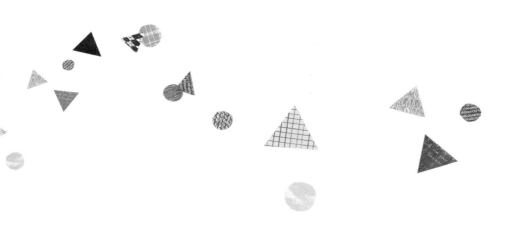

　남자가 반가운 이를 만난 듯 활짝 웃었습니다. 그러고는 손으로
인사를 건넸습니다. 수화였습니다.

　이런저런 소음들로 들썩거리는 버스 안에서 두 사람은 소리 없이
이야기를 나눴습니다.
　한참을 정답게.

식기 전에
어서 먹으렴

사업을 하는 지인의 어머니는 98세에 돌아가셨습니다. 말년에 형님 내외가 어머니를 모셨는데, 치매에 걸린 어머니가 자꾸 집을 나가 길을 잃어버리고 이상한 행동을 해서 형님과 형수가 무척 힘들어했습니다. 둘째 아들인 지인은 그 당시 사업이 잘 되지 않아 이혼을 하고 혼자 노숙인처럼 떠돌아다니고 있었습니다.

그러던 어느 날 어머니가 너무 보고 싶어서 형수에게 전화를 걸어 찾아뵙겠다고 말했습니다. 형수는 어머니에게 그 말을 전했고, 둘째 아들이 온다는 말에 어머니는 들떠서 어쩔 줄 몰랐습니다.

저녁 시간이 되어도 둘째 아들이 오지 않자 할 수 없이 어머니 식사를 먼저 차려 드렸습니다. 그런데 어머니가 식사를 하는 척하며 음식들을 몰래 주머니에 넣는 것이었습니다. 가족들이 보고 놀라서 말렸지만, 어머니는 악을 쓰며 맨손으로 뜨거운 찌개 속의 건더기들까지 집어 주머니에 넣었습니다. 그러고는 누가 빼앗기라도 할까 봐 안방으로 들어가 문을 잠그고 나오지 않았습니다.

밤이 되어서야 둘째 아들이 왔고, "어머니, 저 왔습니다" 하는 소리를 듣고서야 어머니가 방문을 열었습니다. 그러고는 주머니에서 온통 한데 뒤섞인 음식들을 꺼내놓으며 말했습니다.

"아가, 배고프지? 식기 전에 어서 먹으렴."

어머니의 손을 봤더니 뜨거운 찌개를 주머니에 넣느라 여기저기 데어 물집이 잡혀 있었습니다. 아들은 명치께가 찌르듯 아파서 아무 말도 못 한 채 그저 어머니를 덥석 안았습니다. 어머니는 다른 것은 다 몰라도 둘째 아들이 어려운 상황에 처해 있다는 것은 본능적으로 알고 있었나 봅니다.

어머니는 자식 입에 밥이 들어가는 것이 가장 행복한 사람입니다. 어머니는 자식에게 밥을 먹이기 위해서는 내 한 몸 부스러지는 것쯤 아무것도 아닌 사람입니다.

아무 희망 없이 살아가던 지인은 어머니의 그 물집 잡힌 손을 떠올리며 이를 악물고 생수 배달부터 다시 시작했습니다. 그리고 지금은 다시 튼실한 중소기업을 일궈내고 당당히 일어섰습니다.

어머니가 돌아가신 지 한참 지났지만 지금도 힘든 날이면 어머니의 애타는 목소리가 들리는 듯하다고 했습니다.

"아가, 배고프지? 식기 전에 어서 먹으렴."

어머니의
집

고향집에 가면 언제나 어머니가 있었습니다. 총명하고 우아했던 어머니가 기억을 잃어가고 기운을 잃어간다고 해도, 그래도 고향집에 가면 어머니가 있어서, 어머니 냄새를 맡으며 어머니 뺨에 볼을 비빌 수 있어서 참 좋았습니다.

얼마 전 어머니를 모시던 오빠가 갑자기 쓰러져 병원으로 실려 갔습니다. 오빠는 서울 큰 병원으로 옮겨 수술을 받아야 했습니다. 기억을 잃어버린, 허리가 아파 혼자서는 거동을 못하는 어머니가 고향집에 홀로 남겨졌습니다. 아침부터 저녁까지는 어머니를 돌보는 도우미 아주머니가 와줬습니다.

그러나 밤에는 어머니 혼자 있어야 했습니다. 자식들은 모두 외지에 나가 생업에 바쁘고, 어머니 혼자 그 긴 밤 외로움과 싸워야 했습니다. 마음은 생동하지만 몸은 움직일 수 없고, 외로움은 몰아치지만 자유롭지 못한 채로 어머니는 밤의 감옥에 갇혀 지내야 했습니다.

어느 날은 언니가 어머니 걱정에 허둥대다가 무작정 고향집에 내려갔습니다.

"나 좀 데려가요. 나도 이제 좀 데려가줘요."

어머니는 혼자 우두커니 불도 켜지 않고 어둠 속에 앉아서 돌아가신 아버지를 부르고 있었습니다. 언니는 어머니를 품에 안고 그저 울 수밖에 없었습니다. 다른 어떤 방법도 찾을 수 없었습니다.

그 후 가족회의가 여러 번 열렸습니다. 그리고 여러 장소를 물색했고, 마침내 적당한 곳을 찾아냈습니다. 그곳은 어머니가 좋아하는 꽃과 나무와 바다가 창 너머로 보이는 요양원이었습니다.

어머니가 요양원으로 떠나기 전날 밤, 어머니와 네 자매가 고향집에 모여 노래도 하고, 춤도 추고, 얘기도 나눴습니다. 어머니는 다른 날보다 훨씬 밝은 얼굴로 노래도 따라 부르고, 춤을 추는 딸들을 보며 즐거워했습니다.

이제 내일이면 이 집을 떠나야 하는 어머니. 어머니가 평생 살아오신 집, 어머니가 아버지와의 추억을 쌓아간 집, 우리 자식들을 기르고 기다리며 그리워한 집, 그 집을 떠나 다른 곳으로 가면 다시 돌아올 수 있을지…….

아무것도 모르는 어머니는 그저 자식들과 함께 한 방에서 웃는 시간이 행복한 듯 즐거워했습니다. 옛날 기억들을 다 꺼내 이야기 보따리를 풀며 그 밤을 보냈습니다. 어머니의 뺨에 내 볼을 맞대고, 어머니의 손을 잡고 "사랑해요"를 수없이 고백하며 그 밤을 보냈습니다.

내일이면 이 집을 떠난다는 사실을 알 리가 없는 어머니도, 내일이면 어머니가 이 집을 떠난다는 사실을 뼛속 깊이 아파하는 우리도 그렇게 뜬눈으로 밤을 지새웠습니다.

날이 밝았습니다. 어머니는 가장 고운 옷을 차려입고 언니 차를 타고 요양원으로 향했습니다. 뒷좌석에 앉은 어머니 옆에 내가 앉았는데, 어머니가 내 손을 꼬옥 잡으며 말했습니다.

"나 괜찮을까……."

모르는 척했지만 어머니는 알고 있었던 것입니다. 집을 떠나 어디론가 가고 있다는 사실을.

아, 어머니…….

인생이란, 살아갈수록 슬픔의 기록이 갱신되어 가는 일입니다.

나는 속울음을 깨물고 어머니 어깨를 굳게 안았습니다. 그리고 시선을 맞추고 말했습니다.

"약속해요. 우리가 언제나 어머니 지켜드릴 거예요. 그러니까 아무 걱정 마세요. 알았죠?"

어머니가 고개를 끄덕일 때까지 나는 "알았죠? 알았죠? 알았죠?"를 반복했습니다.

요양원은 아늑했습니다. 긴 밤 어머니가 주무시는 방의 문 밖에는 이제 간호사와 도우미들이 늘 대기하고 있을 것입니다. 고향집에서 홀로 외로움을 견디는 것보다 훨씬 좋을 것이라는 믿음이 생겼습니다. 마음이 한결 편해졌습니다.

어머니를 방에 모시고 난 후, 원장님과 어머니를 보살펴줄 분들과 상담하고 어머니 방에 다시 들어갔습니다. 이제 정말 작별의 시간입니다. 어머니는 그사이 잠이 들어 있었습니다. 예민해서 부스럭거리는 소리만 들려도 얼른 잠을 깨는 분입니다. 그런데 작별 인사를 하기 위해 어머니를 아무리 깨워도 그날따라 깨지 않았습니다. 나는 지금도 궁금합니다. 어머니가 정말 고단해서 잠을 잔 걸까요? 아니면 잠자는 척을 한 걸까요? 잠을 자는 척을 했다면 왜 그랬을까요? 어머니 성품대로라면 작별의 시간을 조금이라도 줄이기 위해서였을 겁니다.

그러나 내 아픈 마음은, 어쩌면 어머니가 서운해서였을 수도 있겠다, 그럴 수도 있겠다 싶었습니다.

철근을 매달아놓은 듯 도저히 발걸음을 옮기지 못하고 있는데, 요양원 입구 길목에 서 있는 나무 위에 새 한 마리가 앉아 있는 게 보였습니다. 그 새가 갑자기 노래를 불렀습니다. 어머니는 걱정 말라는 듯.

나는 그 새가 아버지의 영혼이라고 믿어버렸습니다. 아버지가 어머니 곁에 와 있구나, 믿어버렸습니다. 그제야 발이 움직였습니다. 걸음을 뗄 수 있었습니다.

이제 고향집에 가면 어머니가 없습니다. 우리는 고향집이 아닌 요양원으로 어머니를 만나러 갑니다. 이제는 그곳이 우리 집입니다. "집이란 장소가 아니라 사람My home is not a place, it is people"이라는 로이스 맥마스터 부욜의 말처럼 어머니가 있는 곳, 사랑하는 사람이 머무는 곳이 곧 우리 집이니까요.

수요일 오전 10시의
마을버스

　60대 중반의 나이에 시간을 쪼개 봉사를 부지런히 하는 지인이 있습니다. 일주일에 한 번씩 양로원에 봉사를 다니는 지인은, 갈 때마다 이것저것 음식을 만들어 무거운 보따리를 낑낑대며 들고 갑니다.

　지인은 마을버스를 타고 가는데, 버스에 음식 냄새가 날까 봐 미안한 마음이 들었습니다. 그래서 한 달에 한 번씩은 케이크나 떡을 예쁘게 싸서 마을버스 기사에게 드리며 "버스에 음식 냄새 나게 해서 죄송합니다"라고 인사합니다.

　수요일 오전 10시가 되면 눈이 오나 비가 오나 양로원으로 가는 마을버스를 타는 지인은 마을버스 회사에서 '천사 아주머니'로 통

합니다.

　수요일 오전 10시가 되면 마을버스 기사는 정류장에서 기다리는 지인을 보고 얼른 내려서 짐을 들어줍니다. 버스에서 내릴 때도 그 짐을 들어서 내려줍니다. 그러지 말라고 해도 한결같습니다.

　버스에서 내려 양로원을 향해 걸어가는 지인에게 "좋은 일 많이 하니 복 받으실 겁니다"라고 하며 90도로 절하는 기사의 표정에는 존경이 묻어 있습니다.

　지인도 진심을 담아 고개 숙여 인사합니다.

　"오는 동안 정말 편하게 왔습니다. 즐겁게 안전운행하시는 기사님도 복 많이 받으실 겁니다."

니들 말고 좋은 게
하나도 없다

어머니는 불교 신자입니다. 그러나 어릴 적 우리가 교회에 다닐 때 한 번도 가지 말라고 한 적이 없습니다. 오히려 교회에 가서 좋은 말씀 많이 듣고 오라며 헌금까지 챙겨주었습니다. 그 당시에는 크리스마스가 되면 교회 성가대가 교인들의 집마다 들르며 새벽송을 부르곤 했습니다. 이른 새벽, 우리 집 앞에서 멈춰 선 성가대가 찬송가를 부르기 시작하면 어머니는 봉투에 정성껏 돈을 준비했다가 헌금을 하곤 했습니다.

어린 자식들에게 그 어떤 강요도 하지 않는다는 것이 쉽지 않은 일임을 나는 엄마가 되어서야 알았습니다. 자꾸 간섭하고 싶어지고, 이걸 해라, 저걸 하지 마라, 강요하고 싶어집니다. 그럴 때마다 나는 어머니를 떠올립니다. 어떤 일에 대해서든 자식의 마음을 우선으로 하고, 존중해 준 어머니 덕에 나의 인생의 폭이 그나마 조금은 넓어진 듯합니다.

어느 크리스마스 새벽, 성가대가 부르는 찬송을 들으며 어머니가 두 손을 모으고 기도하는 걸 봤습니다. 무슨 소원을 빌었냐고 물었습니다.

"내 소원이 뭐가 있겠니. 니들 건강하게 크는 것 말고는 다른 소원 없다."

어린 마음에 고개를 갸웃거렸습니다. 시험 100점 맞게 해달라고, 옷을 사게 해달라고, 인형을 갖게 해달라고, 그렇게 나를 위한 기도 밖에 할 줄 몰랐던 나는 어머니의 기도가 참 이상했습니다.

90세를 넘긴 지금도 어머니의 소원은 변함이 없습니다.

"어머니, 달 보면서 무슨 소원 비셨어요?"

그러면 똑같이 대답합니다.

"니들 건강하게 해달라고 빌었지."

나는 어머니가 뭘 좋아하는지 잘 알지 못합니다. 그런데 딱 하나는 알겠습니다. 자식을 좋아합니다. 자식을 좋아하는 것 말고는 뭘 좋아하는지 아직도 모르는 딸은 어머니가 진짜로 좋아하는 것이 무엇인지 지금이라도 알고 싶습니다. 그래서 어머니를 위해 그걸 해드리고 싶습니다. 그런데…… 알 방법이 없네요. 어머니의 대답은 한결같으니까요.

"난 니들이 좋다. 니들 말고 바랄 게 하나도 없다."

모르는
사람이지만

　참치 횟집을 하는 지인은 어느 날 새벽 3시까지 술을 마시고 비틀거리는 여자 손님이 있어서 걱정을 했습니다. 딸 또래로 보이는데 혼자 와서 회를 시켜놓고 술을 마시더니, 새벽이 되었는데도 혼자서 휘청거리고 있었기 때문입니다.

　걱정되는 마음에 "아가씨, 집에 가야죠!" 하며 흔들어 깨우고 있는데, 어떤 청년이 문을 열고 들어섰습니다. 조금 전 옆자리에서 여럿이 회식하고 간 일행 중 한 명이었습니다.

　"아까 보니까 이 여자분이 혼자 술을 드시는데 많이 취한 거 같아서요. 집에 가다가 아무래도 걱정이 돼서 왔어요."

　"아는 여자예요?" 하고 물었더니 "아니에요. 오늘 처음 보는 분인데요. 여자분이 너무 취하셨는데 혼자 어떻게 들어가려는지 걱정돼서요."

　지인은 그 청년의 마음이 가상해서 택시비를 주며 수고스럽지만 여자 손님의 집까지 데려다주라고 부탁했습니다. 자신은 가게 뒷정리도 해야 하고 할 일이 많았기 때문입니다.

　청년이 여자를 부축하고 택시를 잡아타고 간 지 한 시간쯤 지났을까요? 잘 데려다주었는지 걱정하고 있는데, 청년에게서 전화가 걸려왔습니다.

　청년은 지쳤는지 헉헉거리며 말했습니다.

　"택시에서 여자분이 횡설수설하고 집이 어딘지 말해주지 않아서 운전기사가 길가에 내려놓고 가버렸어요. 그래서 할 수 없이 근처 파출소에 여자분을 데려다주고 나왔어요. 저도 지금 집에서 계속 전화가 와서 들어가야 하거든요. 파출소는 안전할 테니 사장님도

걱정 마시라고요."

"아유, 그래요. 수고했어요. 파출소에 있다면 안심이죠."

전화를 끊고 나서 지인은 흐뭇했습니다. 이렇게 순수하고 착한 청년도 있구나 하는 마음에 기뻤습니다.

인사불성이 된 여자가 걱정이 돼서 집에 가다가 다시 돌아온 청년, 모르는 여자를 안전하게 데려다주느라 밤중에 진땀을 뺀 그 착한 청년을 생각하니 미소가 지어졌습니다.

그 청년이 또 한 번 가게에 오면 그때는 맛있는 참치회를 공짜로 대접해야겠다고 생각하며 지인은 걱정을 내려놓고 힘차게 가게 뒷정리를 했습니다.

그 사람이
내게 온다는 건

   친구는 딸 둘을 두었는데, 그중에 둘째 딸이 자폐를 가지고 있습니다. 친구는 둘째가 어릴 때 자폐를 가지고 있다는 사실을 알고는 바로 일을 그만두고 둘째를 돌보며 지냈습니다. 그러느라 첫째 딸은 거의 보살핌을 받지 못하고 혼자 컸습니다.

   둘째의 상태가 좋지 않은 날은 자신도 모르게 신경질을 부렸고, 둘째가 좀 괜찮은 날은 콧노래를 불렀습니다.

   첫째가 1등 성적표를 가지고 와도 둘째에게 신경 쓰느라 칭찬 한 번 못했고, 첫째가 실연을 당하고 온 줄도 모르고 둘째로 인해 깔깔 웃었습니다.

   첫째의 가슴이 얼마나 썩어 들어가고 있는지 모른 채 "너는 건강하니까 네가 알아서 좀 해. 자꾸 징징거리지 말고"라며 타박하기 일

쑤였습니다. 둘째 돌보기도 벅찼기 때문입니다.

그런데 대학 생활을 잘하던 첫째가 쓰러졌습니다. 이름도 처음 들어보는 희귀한 병명에 친구는 제 가슴을 탁탁 쳤습니다. 의사의 말로는, 그 병은 전적으로 스트레스에서 온다고 했습니다.

첫째를 병원에 입원시켜 놓고 병원에 가져갈 짐을 챙기러 첫째의 방에 들어섰습니다. 둘째를 돌보느라 첫째 방에는 언제 들어와 봤는지 기억조차 없었습니다. 책상 서랍에서 이것저것 꺼내 가방에 담는데 일기장이 보였습니다.

집안 분위기 때문에 칭찬도 듣지 못하고 숨긴 1등 성적표, 차라리 내가 아플 테니 둘째를 낫게 해달라는 기도, 벌 받을 일이지만 내가 둘째와 입장이 바뀌어도 좋겠다는 토로들이 일기장에 쓰여 있었습니다.

그러나 그다음 장을 읽고 친구는 기어이 눈물을 떨구고 말았습니다. 그 애가 내 동생인 것이, 내가 그 애의 언니인 것이 고맙다고, 왜냐하면 동생은 나에게 온 인연이고, 그 인연은 다 이유가 있다고 생각한다는 내용이 예쁜 글씨로 쓰여 있었던 것입니다. 친구는 딸의 일기장을 가슴에 품고 오열했습니다. "엄마가 미안해, 엄마가 미안해" 그 말만 터져 나올 뿐이었습니다.

친구는 둘째를 남편에게 맡기고 병원에서 첫째와 시간을 보냈습니다. 그렇게 첫째와 병원에 있는 몇 개월이 친구에게는 신의 선물처럼 느껴졌습니다.

병원 밥이지만 첫째에게 밥을 챙겨주는 것이 얼마 만인지도 까마득했습니다. 아파서 누워 있으면서도 계속 둘째 걱정을 하는 첫째의 머릿결을 가만가만 넘겨주며, 이렇게 착한 딸을 내게 주셔서 고맙다는 기도를 올렸습니다.

살면서 순간순간 버겁게 느껴지는 짐, 모두 사랑하는 인연에서 비롯됩니다. 그러나 또 그 인연 덕분에 행복합니다.

서점 앞을 지나가다가 대형 글판에 쓰인 글을 봤습니다.

사람이 온다는 건 실은 어마어마한 일이다.
한 사람의 일생이 오기 때문이다.

나에게 온 인생의 무거운 짐, 그러나 가장 행복한 인생의 덤, 그것은 가족입니다.

네 장미꽃에 대해
책임이 있어

조카 창현이가 초등학교에 입학했을 때부터, 언니는 아들 창현이에게 기부하는 습관을 들이고 싶었습니다. 그래서 창현이에게 주는 용돈의 절반을 덜어내어 아프리카 어린이와 북한 어린이 돕기를 해왔습니다.

창현이는 대학생이 되면서 부지런히 아르바이트를 해가면서 부모에게 손 벌리지 않고 제 용돈을 해결했습니다.

그러던 어느 날 저녁 창현이가 기부하는 것에 대해 이야기를 꺼냈습니다.

"지금까지는 엄마가 하라는 대로 했는데, 이제 저도 성인이니까 제가 알아서 돕고 싶어요."

카리스마 넘치고 자립심 강한 창현이의 성격대로 기부도 스스로 찾아서 하겠다는 것이었습니다. 언니는 그러라고 했고, 창현이는 그동안 도와왔던 단체의 홈페이지에 들어갔습니다. 그동안 해왔던 기부를 중단하고 새로운 기부처를 스스로 정하기 위해서였습니다. 그런데…… 홈페이지에 들어가서 보니 그동안 자신이 얼마나 많은 일을 해왔는지 알게 되었습니다.

줄곧 도움을 주었던 아프리카 꼬마는 창현이와 함께 성장해서 이제 청소년이 되었습니다. 그 아이는 학교에서 공부는 잘 못하지만 운동을 잘한다고 했습니다. 꿈이 축구 선수라고 했습니다. 만일 기부하던 것을 끊으면 그 소년의 꿈은 어떻게 되는 것일까…… 창현이의 마음이 무거웠습니다.

잠시 뒤 창현이가 방에서 나와 말했습니다.
"그냥 하던 대로 계속 거기 기부해야겠어요."

창현이는 어느새 그 아이와 특별한 관계를 맺고 있었습니다. 이미 창현이의 마음과 아프리카 소년의 마음이 끈으로 연결되어 있었습니다. 이쪽에서 끊으면 저쪽의 마음이 아파지는 사이가 되어 있었습니다. 언니는 창현이가 마음 따뜻한 청년으로 잘 자라준 것 같아 흐뭇했습니다.

창현이의 이야기를 들으며 문득 생텍쥐페리의 《어린 왕자》의 한 구절이 떠올랐습니다.

넌 그걸 잊어서는 안 돼. 네가 길들인 것에 대해 언제까지나
책임을 져야 한다는 거야. 넌 네 장미꽃에 대해 책임이 있어.

관계라는 것은 이런 것입니다. 한번 맺으면 끝까지 책임을 져야
하는 것, 내가 물을 주고, 내가 햇볕도 쏘여주고, 내가 비료도 주면
서 끝까지 동행하는 것. 관계를 맺는다는 것은 그런 것입니다.

우정을
지키다

　몇 년 전 언니는 황당한 일을 당했습니다. 오랜만에 초등학교 동창 모임 카페에 들어갔는데, '와일드핑크' 닉네임으로 대화 요청 창이 떴습니다. '와일드핑크'는 어린 시절부터 우리 자매와 친자매처럼 지내던 혜경 언니의 닉네임입니다. 언니는 얼른 대화에 응했습니다.

　"정연아, 나 교통사고 내서 300만 원이 급히 필요해. 사고로 지금 휴대 전화도 안 돼. 교통사고 무마해야 하니 이 사람에게 300만 원좀 급히 부쳐줘. 내일 갚을게."

　다급한 것 같아서 언니는 거기 적힌 '차○○'이라는 사람의 계좌로 얼른 돈을 부쳐주었습니다.

　그로부터 일주일 뒤, 혜경 언니에게서 전화가 왔습니다.

"정연아, 뭐 하니? 제주도 오니 정말 좋다!"

"언니, 괜찮은 거지? 사고는 잘 처리된 거야?"

"응? 무슨 사고?"

"언니, 교통사고 났잖아. 돈 보내달래서 내가 부쳐줬고."

"얘가 무슨 소리 하는 거야? 난 그런 적 없어."

언니는 그제야 온라인 사기를 당했다는 것을 알았습니다. 혜경 언니는 아이디가 Wildpink인데 그 사람은 wildpink였습니다. 앞의 대문자를 소문자로만 바꾸고 혜경 언니인 척 속인 것입니다.

혜경 언니는 부랴부랴 서울로 올라왔고 언니와 함께 경찰서에 신고하러 다녀왔습니다. 경찰서에서는 이런 사고가 비일비재하고 범인을 잡기가 힘들다고 난색을 표했습니다.

그날 혜경 언니가 언니 통장으로 300만 원을 보내왔습니다. 예전에 축의금을 대신 전할 때 언니의 계좌번호를 알려준 적이 있었는데, 그 통장으로 보낸 것입니다.

"너는 나를 믿고 돈을 보낸 거잖아. 그러니까 내가 너한테 주는 게 맞지."

혜경 언니도 그 당시는 경제적인 상황이 좋지 않을 때였습니다. 언니는 말도 안 된다며 다시 혜경 언니에게 돈을 돌려줬습니다.

다행히 그 사건은 범인이 잡히면서 일단락되었습니다.

어렵고 황당한 일을 겪을 때 참 사람, 참 우정이 드러납니다. 비록 돈은 사기를 당했지만 억만 배 더 소중한 우정이 남았습니다.

강아지가
운명하셨습니다

제자 민아는 대학 시절 언니와 자취 생활을 했습니다. 어느 날 언니가 회사 동료에게서 강아지 한 마리를 얻어왔습니다. 이제 겨우 젖을 뗀 몰티즈였습니다.

강아지는 처음 데려왔을 때부터 비실비실했습니다. 우유를 줘도 맛있게 먹는 법이 없었고, 콧물도 자주 흘렸습니다. 여느 강아지들이 해보일 법한 애교도 없었습니다.

그런 까닭에 더욱 정성을 다해 키웠는데, 어느 날 강아지가 축 늘어져 있었습니다. 자매는 강아지를 품에 안고 동물병원 응급실로 뛰어갔습니다.

강아지는 이런저런 검사를 위해 응급실에 눕혀졌고, 자매는 대기실에서 초조하게 기다렸습니다. 20분쯤 지났을까…… 수의사가 응급실 안으로 들어오라고 했고, 자매는 직감적으로 강아지가 위중함을 느꼈습니다. 자매가 응급실 안으로 들어서자, 미세한 숨을 이어가던 강아지의 얼굴이 한쪽으로 툭 떨어졌습니다.

그 순간 수의사가 슬픈 어조로 '사망 선고'를 했습니다.

"운명하셨습니다……."

그 말에 자매는 소리 내서 엉엉 울고 말았습니다. 자매가 우는 동안 수의사도 곁에서 같이 슬퍼해줬습니다.

양지바른 곳에 강아지를 잘 묻어주고 산을 내려오다가 민아가 언니에게 말했습니다.

"언니, 아까 수의사가 '운명하셨습니다'라고 한 거 맞지?"

"응……."

"강아지한테도 운명했다고 말하나?"

"아니……."

"그런데 아까 그 수의사는 왜 강아지한테 '운명하셨습니다'라고 했을까?"

"수의사가 그렇게 말해줘서 우리가 눈치 안 보고 실컷 울었잖아."

"응…… 맞아……."

작은 강아지의 죽음에 다 큰 어른 둘이 엉엉 우는 모습이 누군가에게는 이해되지 않을 수도 있고, 공감이 되지 않을 수도 있습니다. 그런데 수의사가 "운명하셨습니다"라고 말해주었기 때문에, 자매는 막 죽음을 맞은 이 작은 존재가 그들에게 얼마나 소중한 존재였는지 이해받고 있다는 생각이 들었습니다. 그래서 충분히 슬퍼할 수 있었습니다.

민아는 지금도 동물병원 앞을 지날 때면 그 수의사 생각이 납니다. 작은 생명도 소중히 여기는 사람, 그 생명을 기르는 사람들 마음을 헤아리고 그 사랑을 이해하는 사람, 그런 사람이 사는 이 세상이 민아는 참 좋습니다.

친구가
그렇게 좋아?

아들 재형이가 중학교 다닐 때의 일입니다. 학원 시간이 다 되었는데 아이가 학교에서 오지 않았습니다. 학원으로 곧장 갔나 했는데, 학원 선생님이 전화를 걸어와서 재형이가 학원에 오지 않았다고 했습니다.

"오늘 학교가 늦게 끝나나 봐요."

내 대답에 학원 선생님은 "다른 아이들은 다 왔는데, 재형이만 안 와서요"라고 했습니다.

그 후로 한참이 지나서야 재형이가 들어왔는데, 온몸이 땀범벅이었습니다. 나는 재형이를 야단쳤습니다. 학원 갈 시간인데 빨리 오지 못하고 왜 이리 늦었느냐고, 학원 시간도 약속인데, 그 약속 하나 지키지 못하면 뭘 해낼 수 있겠느냐며 화를 냈습니다.

묵묵히 듣고만 있던 재형이가 학원에 가고 나서, 전화 한 통이 걸려왔습니다.

"재형이 엄마, 안녕하세요? 저, 주호 엄마예요."

주호 엄마는 재형이에게 고맙다는 말을 하려고 전화했다고 했습니다. 주호가 요즘 다리를 다쳐 깁스를 한 달째 하고 다니는데, 재형이가 점심시간에 급식실로 업어서 가고, 체육 시간에는 교실에서 운동장으로, 운동장에서 교실로 계속 업고 다닌다고 했습니다. 그리고 방과 후에도 주호네 집까지 재형이가 업어다 준다는 것입니다. 주호 엄마도 그 사실을 모르고 있다가 오늘에서야 주호가 말해서 알았다며 재형이에게 고맙다고 했습니다.

'아, 그것도 모르고…….'

재형이를 야단친 게 미안했습니다. 숙제 못해 간 친구들과 함께 청소를 다 해놓고 오느라 늦고, 벌 서는 친구들과 함께 있다가 늦고, 친구 고민을 듣고 상담해 주느라 늦고, 다친 친구 집까지 데려다주느라 학원 시간도 잊어버리는 재형이. '그래, 공부가 뭐가 중요한가. 친구에게 마음 쓰는 게 더 중요하지' 싶다가도 시험 때가 되면 화가 솟구칠 때도 많았습니다.

그러던 어느 날 학교 담임선생님한테서 전화가 걸려왔습니다.

"교우 관계 조사를 했는데요, 교직 생활 20년 만에 이런 경우는 처음이에요. 우리 반 학생 전원이 친하고 싶은 친구에 재형이 이름을 써냈지 뭐예요?"

반 학생 모두가 친하고 싶은 친구 이름으로 재형이를 써냈다는 선생님의 그 말은, 지금까지도 잊을 수 없는, 내가 들었던 가장 기쁜 말 한마디입니다.

대학생이 된 지금도 친구들을 좋아해도 너무 좋아하는 재형이, 그리고 친구들이 좋아하는 재형이. 못 말릴 친구 사랑입니다.

젊은 시절, 가치관을 결정하는 요소는 다음과 같은 순서를 따른다고 합니다.

1. 친구
2. 스승과 선배
3. 활동하거나 몸담고 있는 집단
4. 부모

어쩐지 섭섭합니다. 그런데 또 기쁩니다. 나는 재형이가 앞으로도 그렇게 친구를, 이웃을, 타인을 더 사랑하기를 바랍니다.

과외 교사가 아니라
과외 스승

　윤경은 동네의 작은 학원 교사입니다. 그 학원에 다니는 오누이가 있는데, 초등학생, 중학생인 그 오누이의 어머니가 갑자기 스스로 목숨을 버렸습니다. 아이들을 사랑하는 마음이 지극하던 어머니인데, 언제나 공부 잘하는 아이들 자랑을 해왔던 어머니인데 왜 그랬는지 알 수 없었습니다.

　윤경은 아이들을 위로하며 말했습니다.

　"엄마가 필요하면 선생님한테 와. 엄마 대신 의논할 게 있으면 언제든 의논해."

　오누이 중 중학생인 누나가 고등학교 진학반에 올라가야 했습니다. 그런데 아이의 아버지가 전화를 걸어와 아이를 외고에 진학시키고 싶다며 큰 학원으로 옮긴다고 했습니다. 윤경은 아쉬웠지만 워낙 작은 학원이라 붙잡을 수 없었습니다. 그렇게 해서 그 아이는 선생님 한 명이 학생 두 명을 맡아서 가르치는 과외식 학원으로 옮기게 되었습니다.

　어느 날 그 아이가 전화로 울먹이며 말했습니다.

"선생님, 저 그냥 선생님 학원에 다니면 안 돼요?"

　윤경은 그 아이를 불러 자초지종을 물었습니다.

　아이가 중간고사에서 전교 11등을 했는데 학원 선생님이 "이 성적이면 넌 대학 가기 힘들겠다. 대학은 꿈도 꾸지 마"라고 했다는 것입니다. 윤경은 작은 새처럼 두려움에 떠는 아이의 어깨를 가만히 안아줬습니다.

　아이가 돌아간 후 윤경은 고민을 했습니다. 학원끼리의 경쟁으로 비춰지는 것은 아닐지, 소위 동업자들끼리의 상도의에 어긋나는 일은 아닐지 고심하던 윤경은 그래도 이건 아니라는 생각이 들었습니다. 아이의 아버지에게 전화를 걸어 말했습니다.

"그 학원 선생님에게 수학적인 부분은 많이 배울 수 있을 겁니다. 그러나 감히 말씀드리지만 아이의 인생에는 마이너스인 것 같습니다."

　아이는 윤경의 학원으로 다시 돌아왔습니다. 아이는 다시 밝은 표정을 되찾았고, 정말 열심히 공부했습니다. 기말고사 성적이 나오는 날, 윤경은 아이한테 성적에 절대 연연하지 말라고 말했습니다. 갈 길이 머니까 앞으로 더 발전하면 되는 거라고.

그날 저녁 아이가 한달음에 달려왔습니다.
"선생님께 가장 먼저 보여드리고 싶었어요."
아이가 내민 성적표에는 전교 1등이라고 적혀 있었습니다. 그 후 아이는 자신감을 완전히 회복했고, 꿈을 위해 계속 도전 중입니다.

진정 아이를 아끼는 마음에서 우러난 격려의 힘이 얼마나 중요한지 윤경은 학생들에게서 오히려 배웠습니다. 그리고 단지 과외 교사가 아닌 과외 스승이 되어주자고 다시 한 번 결심했습니다.

'넌 안 돼!'라는 말을 듣는 순간 그 아이는 정말 안 됩니다. 그러나 '넌 할 수 있어!'라는 말을 듣는 순간 아이는 정말 해냅니다. 격려는 아이의 어깨를 일으켜 세웁니다.

아버지
생각

텔레비전을 틀어 이리저리 채널을 돌리다가 어느 예능 프로그램에 멈췄습니다. 연예인 중에 아이를 기르는 아버지들이 나와서 육아 이야기를 하고 있었습니다.

탤런트 남성진 씨의 아들은 일곱 살인데, 어느 날 운전하는 아빠에게 갑자기 이렇게 말했다고 합니다.

"아빠, 내가 아빠보다 더 일찍 태어날 걸 그랬어."

"왜?"

"그랬으면 내가 아빠한테 다 해줄 거 아냐."

바쁜 엄마 대신 어린 아들을 돌봐주고 있는 아빠가 평소에 얼마나 고마웠으면 그런 말을 했을까요. 일곱 살 아들의 그 말에 아빠는 마음이 든든해졌습니다.

탤런트 최승경 씨의 아들은 여섯 살쯤 됐을 때 "아빠 돈 없지?"라고 물었습니다. 그러고는 은밀한 표정으로 돈 천 원을 얼른 아빠 손에 쥐여주더랍니다.

"쉿! 엄마 모르게 가져."

엄마에게 용돈을 받아 쓰는 아빠를 가엾게 본 것입니다. 어린 아들이 그렇게 준 천 원을 아빠는 아직도 못 쓰고 지갑에 간직하고 있다고 했습니다.

아빠들은 뒤이어 육아의 고충을 말하기 시작했습니다.

임호 씨는 아이들 셋을 기르는데, 눈을 뗄 수 없어서 화장실에서 볼일 볼 때도 아이를 안고 본 적이 있다고 했습니다. 남성진 씨는 욕실 문을 열어놓고 아이를 그 앞에 눕혀놓고 샤워한 적이 있다고 했습니다.

아이들을 안고 다니느라 어깨가 탈골된 이야기, 팔근육 늘어난 이야기 등등을 하다가 나중에는 그날 출연자들이 모두 아버지 생각을 하며 울었습니다.

그 프로그램을 보면서 나도 아버지 생각에 눈물을 흘렸습니다. 이제는 "아버지, 죄송합니다"라는 말도 전할 수 없는데, 이제는 "아버지, 사랑합니다"라는 눈빛도 전할 수 없는데, 뒤늦게 아버지의 마음을 알게 됐을 때 세월은 너무 잔인합니다.

그러니 사랑을 고백할 수 있을 때, 손을 잡을 수 있을 때, 눈빛을 전할 수 있을 때, 기약할 수 없고 확신도 할 수 없는 나중이 아닌 바로 지금, 고백을 하면 좋겠습니다.

고맙다고, 존경한다고, 사랑한다고…….

기운
내세요

　칠남매 중 맏이인 큰언니가 갑자기 쓰러졌다는 소식을 들었습니다. 울산에 사는 셋째는 큰언니가 사는 마산으로 가는 버스에 황급히 올랐습니다.

　그런데 울산에서만 산 지 오래된 터라 마산이 얼마나 먼 줄도 몰랐고, 어떤 버스를 타고 어디에 내리는 줄도 몰랐습니다. 그저 황망한 마음에 무작정 마산 가는 버스에 올라 자리에 앉자마자 언니, 언니 부르며 울기만 했습니다.

　그때 옆 좌석에 앉아 있던 아주머니가 울고 있는 그녀의 손을 가만히 잡아주었습니다.

　"힘든 일이 있나 봐요."

　마산에 사는 언니가 쓰러져서 가는 중이라고 말하고, 마산에는 처음 가본다고 했습니다. 아주머니는 마산의 어느 동네로 가느냐고 묻고, 그곳으로 가는 길을 자상하게 설명해 주었습니다. 가만히 잡아준 그 손이 얼마나 따뜻했는지, 나중에는 어깨에 기대 울고 말았습니다.

중간쯤 갔을까, 그 아주머니가 "나는 이제 내려요"라고 하며 미안한 듯 바라봤습니다. 그리고 다시 한 번 가는 길을 자세히 일러주고는 걱정스러운 눈빛으로 한참을 더 바라보며 말했습니다.

"기운 내세요."

마산으로 아픈 언니를 보러 가는 길, 외롭고 슬프고 불안하고 무서운 길이 될 수 있었습니다. 그러나 그 아주머니의 따뜻한 마음 덕분에 차분하게, 그리고 따뜻한 마음으로 마산에 잘 도착할 수 있었습니다.

울산 중앙 도서관에 강연 갔을 때 어느 분이 눈물을 반짝이며 들려준 이야기입니다.

잠시 가만히 손을 잡아주고, 위로의 말을 건네주는 사람, 우리는 그렇게 도처에서 천사를 만나며 살아갑니다. 그리고 누군가에게 천사가 되어주며 살아갑니다.

놀이에도
스며든 경쟁

카툰 에세이 작가 심승현의 《파페포포 메모리즈》를 보니 이런 대목이 있습니다.

> 놀이를 하는 건 서로 즐겁고 행복하기 위해서다. 서로 다 같이 행복하고 즐거워지는 것. 그것이 '더불어 함께하는 삶' 아닐까?

우리가 어릴 적에 하던 놀이는 꼭 이기는 게 목적은 아니었습니다. 달리기를 할 때는 키 큰 아이가 작은 아이보다 대여섯 걸음 뒤에서 시작했고, 구슬치기를 할 때는 처음에 구슬이 없는 아이에게 구슬을 조금씩 나누어주거나 구슬을 다 잃은 아이에게 딴 구슬의 절반을 돌려주고 다시 시작했습니다. 그네를 탈 때는 한 사람이 타면 한 사람이 뒤에서 밀어주고, 시소를 탈 때도 내려갈 때가 있으면 올라갈 때가 있었습니다. 운동회 때에도 발목을 묶고 호흡을 맞춰 달렸고, 넘어진 아이가 있으면 기다렸다가 같이 뛰기도 했습니다.

놀이를 하는 건 그렇게, 함께 즐겁고 행복하기 위해서였습니다. 그리고 놀이를 통해서 아이들은 다 같이 행복하고 즐거워지는 것이 삶의 명제임을 배워나갔습니다.

그런데 요즘 아이들 놀이는 왜 그렇게 경쟁적이기만 한 것일까요? 요즘 아이들이 즐겨 하는 컴퓨터 게임을 보면 소유하고, 차지해서 자신의 레벨을 올리는 게 목적입니다. 아이들의 밝은 천성에 미래를 걸어보는 희망은 여전하지만, 그래도 어쩐지 게임을 만드는 어른들 마음이 그들에게 침투될 것만 같아 가끔 두렵습니다.

아이들에게 놀이를 통해 일러줄 것은 '경쟁'보다는 '협동'이고 '혼자'보다 '더불어' 간다는 사실일 겁니다. 이 문제를 어른들이 다 같이 진지하게 고민을 해봤으면 합니다.

먹던 힘,
놀던 힘으로

친구 아들 우석이는 시험 때만 되면 체력을 보충하겠다며 스태미나 음식을 찾습니다.

"엄마, 장어 좀 구워주세요. 공부하려면 힘이 좋아야 해요."

'어이구, 그럼 천하장사들은 다들 공부께나 하겠네!'

속으로 삐죽거려 보지만 그래도 어쩌겠습니까. 장어를 먹어야 시험을 잘 본다는데……. 여기저기 뒤져서 장어 사다가 구워줬더니 배가 터져라 먹고 나서 한다는 소리.

"과자랑 음료수 사다 주세요. 졸릴 때마다 먹게요."

"너, 또 먹다가 지쳐서 자는 거 아냐?"

"이 시국에 잠을 자다니! 그럴 리가 있어요?"

어쩔 수 없이 또 과자와 음료수를 산더미처럼 사다 주었습니다. 그랬더니 조금 있다가 또 만두를 튀겨 달라고 합니다. 만두를 튀기는데 어디선가 코 고는 소리가 들렸습니다. 방문을 열어보니 우석이는 과자에 음료수를 잔뜩 쌓아놓고 침을 흘리며 자고 있었습니다.

"체력 비축하더니 그 힘으로 잠만 자냐? 그래, 자라, 자!"

속 터진 만두를 먹으며 친구는 아들 대신 제 가슴만 쳤습니다.

시험 결과는 말할 것도 없습니다.

"엄마, 내가 다 찍고 나왔거든요. 그런데 나보다 점수를 못 받은 친구들이 있어. 내 뒤에 있는 친구들은 뭐야?"

자기 뒤에도 친구들이 있다고 좋아하는 우석. 장하다, 내 아들. 꼴찌를 면해줘서. 그래도 친구는 말합니다.

"우리 아들이 착해. 그거면 됐지, 뭐."

친구의 아들은 꼴찌에서 노는 성적이었지만 막판에 먹던 힘, 놀던 힘 다 발휘해 좋은 대학에 입학했습니다. 꼴찌의 승리였습니다.

친구와 친구 아들을 생각하면 언제나 미소가 지어집니다. 있는 그대로의 모습을 인정하는, 사랑법의 대가들이기 때문입니다.

어머니에게
연애편지를

〈가을 편지〉라는 노래가 있습니다. 이 노래를 들을 때면 늘 로맨틱한 편지가 떠오릅니다. 친구에게, 사랑하는 연인에게 가을의 감성을 가득 담아 전달하고 싶습니다.

하지만 가장 로맨틱한 가을 편지는 자식이 부모에게 쓰는 편지가 아닐는지요? 내가 기억하는 가을 편지는 그렇습니다.

어머니는 자취 생활하는 딸들에게 편지를 보낼 때면 항상 편지 말미에 '엄마가'라고 하지 않고 어머니 이름을 써서 '지하가'라고 적었습니다.

'엄마가'라는 글보다 '지하가'라는 그 글이 마치 연애편지처럼 달콤했습니다. 그 편지를 읽을 때면 한 글자 한 글자 편지를 쓰는 내내 어머니 입꼬리에 걸려 있었을 미소도 함께 떠오릅니다.

어머니에게 쓰는 편지에는 나도 '어머니께'라고 그냥 쓰지 않겠습니다.

'지하씨에게'라고 쓰고 한 여인에게 바치는 가장 달달한 고백을 하겠습니다.

따뜻한
생강차의 기억

　지인 부부가 어머니 상을 당했습니다. 부부는 미국에서 세탁소를 하며 어렵게 살다가 사고로 어머니가 돌아가셨다는 소식을 듣고 황망한 마음으로 한국으로 달려왔습니다. 다른 형제들도 모두 외국에서 어렵게 살다가 들어와서 갑작스럽게 어머니 상을 치르게 되었습니다.

　그날은 무척 추운 겨울이었습니다. 어머니와 친하게 지내던 친구 분이 조문을 왔습니다. 그 친구분은 장례식장에서 오렌지 주스와 커피를 내오는 것을 보고 집으로 돌아갔습니다.

　몇 시간 후, 그 친구분이 들통 가득 생강차를 뜨끈하게 끓여왔습니다. 추운 날 차가운 음료 대신 따끈한 생강차를 대접하는 게 좋겠다 생각하고, 집으로 부랴부랴 달려가서 정성껏 끓여온 것이었습니다. 큰 들통에 들어 있는 무거운 생강차를 어떻게 들고 왔을지 생각하며 자식들은 고마워서 눈물을 흘렸습니다. 어머니를 잃은 슬픔에 조문객들에게 어떤 대접을 해야 할지 경황이 없었는데, 어머니 친구분 덕분에 그 추운 날 그윽하고 따뜻한 생강차를 대접할 수 있었습니다.

오랜 외국 생활을 하던 자식들은 '아, 이것이 우리나라구나, 이것이 인정이구나' 하는 생각에 뭉클했습니다. 그리고 힘들게 살다 사고로 떠난 어머니지만 이런 훌륭한 친구를 두고 있어서 저승 가는 길이 외롭지 않았을 거라며 눈물지었습니다.

아직도 지인 가족들은 그 따뜻했던 생강차의 온기를 추억하곤 합니다.

그 얘기를 들으며 생각했습니다. 가족을 잃은 사람들에게는 조문객을 대접할 생각보다 가족을 잃은 슬픔이 더 클 것이라고, 그러니 그 가족의 마음과 입장을 헤아려주는 것이 진정한 조문이라고.

진심의
힘

KBS 예능 프로그램 〈불후의 명곡〉을 보다가 김진호라는 가수를 알게 되었습니다. 그가 가사를 쓰고 곡을 붙인 〈가족사진〉이라는 노래를 부르는 동안 무대 뒤에는 그의 가족사진이 걸렸습니다. 아들 진호 씨가 엄마를 뒤에서 안고, 그의 엄마는 돌아가신 아버지의 영정사진을 들고 찍은 가족사진이⋯⋯. 제대로 된 가족사진이 없어서 돌아가신 아버지의 명함 사진으로 영정사진을 만들어 그렇게 찍었다고 했습니다.

아버지는 진호 씨가 어릴 때 돌아가셨는데, 당신의 구두를 항상 현관에 놓아두라고 유언을 남겼다고 합니다. 그래야 집에 남자가 있는 줄 안다고. 죽어서도 가족을 보호하고 싶은 아버지의 마음이겠지요. 그 선한 마음을 고스란히 이어받은 진호 씨는 노인분들, 아이들, 환자들을 위해 무료 공연을 하러 다닙니다. 그는 그렇게 재능을 기부해서 타인의 마음을 치료해 주는 가수입니다.

그가 왜 방송에 출연하지 않는지 궁금했는데, 그의 페이스북에 이런 글이 있었습니다.

"가수 스스로 자신의 철학과 고집 없이 각자 다른 사람들의 입맛에 맞춰가려 계산하고, 마음 근육이 아닌 머리 근육을 쓰기 시작하면서 무대에 서다 보면, 표면적인 인기에 사로잡혀 스스로의 삶이 담긴 진짜 노래를 잃어버리고 노래에 진심이 없어진다는 생각을 갖고 있습니다."

인기를 얻기 위해 사람들의 입맛에 맞는 노래를 하기보다는 자신의 삶이 담긴 노래를 진심으로 불러서 사람들 마음을 움직이고 싶어 하는 진호 씨. 그는 학생들의 복지나 장학금을 위해 사용되어야 할 대학 등록금이 가수들의 하룻밤 섭외 비용으로 상당 부분 들어간다는 기사를 보고 학생들을 위한 무료 공연도 자주 다닙니다.

어떤 이는 고난을 만나면 주저앉거나 비뚤어집니다. 그러나 어떤 이는 고난을 만나면 더 성숙하고 깊어집니다. 진호 씨는 슬픈 시간들을 헛되이 흘려보내지 않은 것 같습니다. 더 깊이 생각하고 더 많이 느껴서 더 성숙한 사람이 되고, 더 좋은 가수가 된 것 같습니다.

그가 부른 〈가족사진〉을 들으며 얼마나 울었는지 모릅니다.

> 가족사진 속에 미소 띤 젊은 우리 엄마의 꽃피던 시절은
> 나에게 다시 돌아와서
> 나를 꽃피우기 위해 거름이 되어버렸던
> 그을린 그 시간들을 내가 깨끗이 모아서
> 당신의 웃음꽃 피우길

나는 박지성 선수가 평발의 한계를 딛고 그라운드를 누비는 것을 보고 "저 청년 데려다가 우리 집에서 된장찌개 끓여 먹이고 싶다"고 생각했습니다. 그리고 〈불후의 명곡〉을 보다가 김진호라는 이 청년을 우리 집에 초대해서 된장찌개 끓여 먹이고 싶다는 생각을 했습니다.

나는 이런 청년들이 참 좋습니다. 한계를 딛고 일어서는 청년, 진심을 담아서 자기 일을 하는 청년, 그리고 할 수 있는 범위 내에서 나 아닌 타인을 위한 작은 일이라도 하는 청년……. 그런 청년들을 만나면 고맙다고, 정말 고맙다고 두 손 잡아주고 싶어집니다.

보기 드문
효자

종원이 갑상선암 수술을 위해 입원을 했습니다. 6인실 병실의 옆 병상에는 60대 아주머니가 있었는데, 암이 세 번째 재발했다고 했습니다. 그래서인지 수술 시간이 길었고, 수술 후에도 예후가 안 좋아 애를 먹었습니다.

한눈에 보기에도 고생을 많이 하고 산 시골 아주머니였는데, 손가락 끝이 평생 동안 해온 노동으로 뭉툭해져 투박했고, 얼굴이 햇볕에 그을려 까맣고 거칠었습니다.

종원에게 감동을 준 것은 그 아주머니의 아들이었습니다. 어머니가 입원하자마자 강원도에서 올라와 곁을 한시도 떠나지 않던 아들, 마흔 살이 다 된 그 농촌 총각은 아파하는 어머니를 보며 자신이 아픈 것보다 더 아파했습니다. 한술이라도 더 먹게 하려고 온갖 음식을 사다 나르고, 가래를 뱉게 해주려고 어머니 등을 쓰다듬으며 밤을 하얗게 지새웠습니다.

처음에는 어머니를 간호하는 그 총각 마음이 따뜻해 미소가 지어지더니 나중에는 그 극진한 마음에 눈물이 났습니다.

'세상 잣대로 보면 훌륭한 아들이 아닐지 모르지만 저 총각이야말로 진짜 사람이다. 공부를 잘하면 뭐 해? 훌륭한 직업이 있으면 뭐 해? 저게 사람 사는 진짜 모습인데…….'

종원은 당시 시험 기간이었던 아이들에게 "엄마 병실에 올 생각은 말고 시험 공부나 열심히 해" 하고 신신당부를 했습니다. 종원의 아들들은 정말로 병실을 한 번도 찾지 않았지요. 종원이 농담처럼 말했습니다.

"우리 아들들이 엄마 말 아주 잘 듣거든. 하하!"

지금 다시 입원을 한다 해도 여전히 종원은 그럴 것입니다. 엄마 병실을 지킬 생각 말고 공부나 열심히 하라고.

그럼에도 종원은 그 농촌 총각을 보며 생각했습니다. 내가 과연 아이들을 잘 가르치고 있는 것일까.

그 후 여러 날이 흘렀지만 잘생기지도 않았고, 마흔이 다 되도록 장가도 안 갔지만 따뜻한 그 마음이 누구보다 멋지던 효자 총각이 가끔 생각난다고 했습니다. 그리고 축복하게 된다고 했습니다.

지금쯤 장가를 갔으려나, 그래서 그 따스한 맘을 아내에게도 나눠주며 행복하게 살고 있으려나, 그랬으면 참 좋겠다고.

그 사람이 잘되면 참 좋겠다고 복을 빌어주게 되는, 그런 사람이 있습니다. 그런 사람의 인생은 잘될 수밖에 없습니다. 복을 받을 수밖에 없습니다.

NG를
내고 싶다

생각해 보니 아버지와 영화를 본 것은 딱 한 편뿐입니다.

〈라스트 콘서트Dedicato A Una Stella〉. 서울에 다니러 온 아버지와 언니와 함께 지금은 사라진 명동의 극장에서 이 영화를 보았습니다. 처음 개봉했을 때 워낙 인기를 끌어서 2차 개봉을 했고, 그때 같이 보게 된 영화였습니다.

한창 감수성이 예민한 10대 후반에 본 영화여서 그럴까요, 아버지와 함께 본 유일한 영화여서 그럴까요, 그 영화는 내 기억에서 한 장면도 잊히지 않습니다.

슬럼프에 빠진 삐딱한 피아니스트와 불치병에 걸린 순수한 여자의 사랑을 그린 영화 〈라스트 콘서트〉. 맨 나중에 피아니스트가 그녀를 위해 작곡한 〈스텔라를 위한 협주곡〉을 연주하고, 그 음악이 흐르는 동안 여자는 죽어갑니다. 얼마나 울었던지 흐느끼는 소리가 극장 안에 가득했습니다.

극장에서 나설 때 울어서 눈이 빨개진 딸들을 보며 웃던 아버지 생각이 납니다. 아버지는 영화를 보면서 펑펑 우는 딸들의 모습이 귀엽기만 했던 것입니다.

영화가 끝난 후 아버지는 명동에 있는 유명한 불고기집에서 불고기를 사주었습니다. 그래서 나는 〈라스트 콘서트〉를 떠올리면 아버지와 먹었던 그 불고기도 함께 떠오릅니다. 그리고 슬픈 영화를 보고 나서 빨개진 눈을 하고 극장에서 나서던 딸들을 보며 귀엽다는 듯 미소 짓던 아버지의 얼굴이 떠오릅니다. 그리운 아버지는 이제 꿈에서도 자주 뵐 수가 없네요.

영화를 찍을 때처럼 "죄송합니다. 다시 할게요!"라고 NG를 내고는 아버지 살아 계시던 그 시절로 돌아가고 싶습니다. 그래서 아버지에게 사랑한다, 존경한다는 고백도 더 자주 하고, 아버지와 산책도 하고, 얘기도 나누고, 영화도 보고 싶습니다.

이웃집
배우 아저씨

대학 시절 우리 세 자매는 오빠네 집에서 지냈는데 이웃에 배우 아저씨 가족이 살았습니다. 김인문 아저씨입니다. 아저씨와 아줌마, 올케언니가 친하게 지내며 집을 드나들었고, 그러다 보니 우리 자매들이 아저씨 아들들의 공부를 가르치기도 했습니다.

그때는 방송작가가 될 줄은 꿈에도 몰랐던 이웃집 여대생 아가씨가 어느 날 방송작가가 되어 방송사에 나타나자 아저씨는 깜짝 놀랐습니다.

"학교 선생님을 한다고 하지 않았던가?"

방송사 로비에서 우연히 만난 아저씨가 물었고, 나는 웃으며 대답했습니다.

"어쩌다 보니 이렇게 됐어요."

아저씨는 언제 한번 꼭 같이 일해 보자고 했고, 나도 그러자고 하며 웃었습니다. 아저씨는 그때 나를 방송사 구내식당에 데려가 밥을 사주며 "방송사 생활하려면 짬밥도 먹어봐야 하는 거야"라고 구수하게 웃었습니다.

내가 쓴 드라마 첫 회를 보고 아저씨가 바로 전화를 걸어온 적도 있습니다.

"바로 이거야! 아주 좋아!"

언젠가 꼭 아저씨와 드라마를 같이 하자던 그 약속은 끝내 지키지 못하고 말았습니다. 얼마 지나지 않아 아저씨가 쓰러지셨고, 몇 해 전 돌아가셨기 때문입니다.

언제나 구수하게 웃어주던 김인문 아저씨, 그리고 우리 자매에게 '고모'라고 부르며 따뜻하게 대해주던 아주머니, 착하디착하던 아들 필주와 현주. 참 좋은 이웃이었던 그들을 떠올리면 내 청춘의 시간들도 함께 떠오릅니다.

아저씨는 연기에 대한 얘기를 할 때면 목소리가 한 옥타브 올라갔고 눈빛이 반짝반짝 빛나곤 했습니다. 그렇게 연기를 사랑하는 아저씨니까 천국에서도 배우 생활을 하고 있지 않을까요?

아저씨의 인간미 물씬 풍기는 연기를 다시 한 번 보고 싶습니다. 그리고 이승에서 이루어지지는 않았지만 다음 생에서는 꼭 한번 작품을 같이 하고 싶습니다. 그기 위해서는 더 부지런히 실력을 쌓고 있어야 합니다. 이 생의 간절한 꿈이 다음 생에는 이뤄질지도 모르니까요.

마음을
표현하는 법

추운 겨울, 새벽에 출근 버스를 기다리는데, 환경미화원이 청소를 하고 있었습니다. 연신 손을 호호 불어가며 빗자루로 거리를 쓸고 있는 환경미화원에게 수고 많으시다는 인사라도 전하고 싶었습니다.

그때 60대 중반으로 보이는 어르신이 자판기에서 커피 두 잔을 뽑아서 한 잔을 환경미화원에게 건네주었습니다. 추위에 떨며 청소하다가 커피를 받아든 환경미화원이 함박웃음을 지으며 인사했습니다.

"감사합니다, 감사합니다."

무더운 여름, 이런 일도 있었습니다. 버스가 조금 지연이 되었나 봅니다. 승객들이 버스를 타면서 불만을 쏟아냈습니다. 다음 정거장에서 올라타는 사람들도 투덜거렸습니다. 버스 기사는 연신 사과했습니다.

"죄송합니다, 죄송합니다."

그렇게 몇 정거장을 지났을까요. 중년 신사가 버스 기사에게 다가가더니 만 원짜리 한 장을 건네며 말했습니다.

"날씨도 더운데 일 끝나고 막걸리나 한잔 하세요."

그러고는 뒤도 돌아보지 않고 버스에서 내렸습니다. 버스 기사의 눈시울이 이내 붉어졌고, 불평불만을 터뜨리며 버스에 올랐던 사람들은 조용해졌습니다.

잡지에 실린 이 사연들을 보며 생각했습니다. 마음의 표현은 거창한 게 아니어도 된다는 것을, 아주 작은 표현도 상대의 마음에는 크게 닿을 수 있다는 것을.

마음의 표현도 습관입니다. 필기구나 수첩, 립밤, 핸드크림 같은 것을 가방에 넣고 다니다가 만나는 사람에게 종종 나눠주는 친구가 있습니다. 그 친구의 가방은 산타클로스의 선물 가방 같습니다. 그 친구가 무엇인가를 꺼내 상대에게 줄 때 상대의 얼굴에 "어? 왜 이걸 나에게?"라는 놀라운 기쁨이 스며들기 때문입니다.

그때마다 친구의 대답은 종종 바뀝니다.

"오늘 무지 예뻐서."

"그냥."

"착해 보여서."

"힘내라고."

독립하는
재석에게

품고 살아왔던 자식을 품에서 떠나보내야 하는 시간이 옵니다. 다 큰 자식이지만, 부모 생각에는 아직 한없이 어리게만 보입니다. 그래서 품을 떠나 어떻게 살아갈는지 걱정이 앞섭니다.

이제 성인이 되어 독립하는 자식에게 편지를 쓴 엄마가 있습니다. 지인이 쓴 그 편지를 보게 되었는데 마음이 뭉클했습니다.

부모가 자식에게 뭔가 할 말이 있을 때 편지를 쓰면 참 좋겠다는 생각을 해봅니다.

엄마에게서 받은 이 편지글이 자식의 인생 한 고비에서 불쑥 생각날 때가 있을 것입니다. 늘 골 어딘가에 깊이 박혀 있다가 삶의 어려운 순간에 불쑥 튀어나와 힘이 되어줄 것입니다.

세상의 아버지와 어머니들은, 아이가 알아듣지 못할 거라며 침묵

하지 말기를 부탁드립니다. 그 말이 숨어 있다가 아이 인생 어디쯤에서 불쑥 기억되어 아이의 삶을 따뜻하게, 환하게 비춰줄 테니까요.

부모의 편지가 그 어떤 철학자의 글보다 더 소중한 것은 자식에 대한 지극한 사랑이 스며 있기 때문이겠지요. 사랑하는 자식이 인생의 길을 잘 걸어가기를 바라는 부모의 간절한 마음이 들어 있기 때문이겠지요.

지인이 독립하는 아들에게 쓴 편지를 여기 붙여봅니다.

재석아!

독립을 축하한다.

이제 커서 독립을 하니 가슴이 뿌듯하기도 하면서 가슴 한편이 싸하기도 하는구나.

엄마가 재석이를 야단치거나 매몰차게 한 적도 있었지? 재석이가 첫아이고, 엄마는 늘 모자란 엄마라는 생각 때문에 재석이를 더 잘 키우려고 그런 것이니 넉넉히 이해하려무나. 무한 사랑한다.

이 세상 모든 사람은 다 불완전하고 저마다 다르니 모든 사람들을 넉넉히 이해하고 그 사람 입장이 되어 보려 애쓰는 재석이가 되길 바란다.

이제 엄마, 아빠 품에서 떠나니 몇 가지 당부하고 싶은 게 있구나.

첫째, 늘 건강하도록 힘써라. 몸도 마음도 정신도. 몸은 골고루 챙겨 먹고 꾸준하게 운동하는 것이 제일이고, 마음은 자주 바뀌는 것이나, 너의 속 목소리이니 잘 듣고 관찰하여라. 옳은 마음은 따라주고, 옳지 않은 마음은 다독여라. 정신은 너를 끌고 가는 우두머리다. 그 우두머리에 그리스도를 두고 늘 사랑에 대하여 생각하여라. 그리고 독서와 공부하기를 힘써라. 공부와 독서는 길이 없을 때 방향키가 되고, 깜깜한 밤에 등불이 된다.

둘째, 수입과 지출에 대하여 철저히 기입하여라. 돈은 그 사람의 삶과 자유를 담보 잡기도 한다. 그러므로 돈을 적절히 쓰고 저축해서 너의 자유와 삶을 스스로 누리기 바란다.

1. 매달 나가는 고정비는 달력에 체크하고 적어놓아 쓸데없이 과태료를 물지 않기를 바란다. 고정비는 가능한 한 줄이는 것이 저축을 하는 지름길이다.

2. 집에서 나올 때는 가스레인지와 콘센트를 꼭 점검하여라. 이는 안전에 직결되는 것이고, 비용도 절감할 수 있다.

3. 위생에 힘써라. 너도 보아서 알겠지만, 욕실은 물때가 잘 끼고 곰팡이가 생기기 쉽다. 요즘은 세제들이 잘 나와 있으니, 일주일에 한 번 정도 대청소를 해주면 잘 지낼 수 있다.

4. 이불 빨래는 한 달에 한 번 정도는 해야 한다. 달력에 표시를 해놓아도 좋겠다. 매달 25일에 '이불 빨래 하는 날'이라고 적어놓으면 잊지 않고 할 수 있다.

5. 음식은 제때에 해먹고, 냉장고에 3일 이상 있으면 의심해 보아야 한다.

셋째, 행복하여라. 인생의 목적은 행복이다. 유머를 즐기고 무엇에도 눌리지 마라.

3장

그냥 들어주면 될 것을

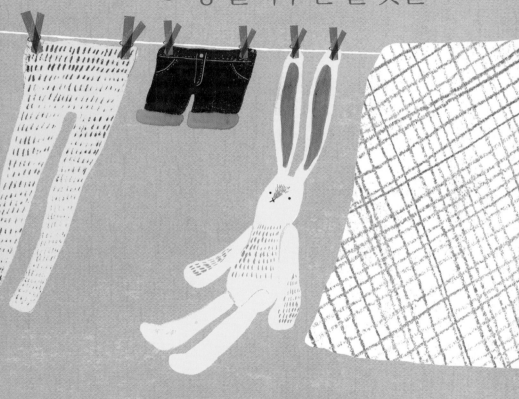

내가 일해서
친구를 돕는다

한양대학교 학생식당에는 특별한 아르바이트생들이 일하고 있습니다. 식당이 가장 바쁜 오전 11시부터 오후 2시 사이에, 몇몇 학생들이 돌아가면서 배식과 식권 판매, 식기 세척을 돕고 있습니다. 식권 판매와 배식은 시급 5천 5백 원, 식기 세척은 7천 원입니다. 그 노동의 대가는 돈이 아닌 식권입니다. 3시간 식기 세척을 하면 3천 원짜리 식권 일곱 개를 받습니다.

그런데 이 식권의 주인은 그들이 아니라 따로 있습니다. 한 끼 식사비도 부담되는 기초생활수급가정 학생 250명이 그 대상입니다. 아르바이트생들은 일주일에 한 번, 강의 시간이 비는 한 시간씩 교우들에게 '밥'을 만들어주는 일을 하고 있는 것입니다. 그 아르바이트 이름도 '십시일반 十匙一飯'에서 따온 '십시일밥'입니다.

'십시일밥'은 이 학교 학생의 생각에서 나온 것입니다. 그는 "커피 마시고 당구나 치며 보내는 공강 시간에 일을 해서 밥값을 벌어 형편이 어려운 친구를 도와주고 싶었다"고 말했습니다. 독일에 교환학생으로 갈 예정이었지만, 십시일밥을 실행하기 위해 학교에 남기로 결정했습니다. 그리고 교내 곳곳에 동참할 사람을 찾는 포스터를 붙였습니다.

그랬더니 일주일 만에 60여 명이 찾아왔다고 합니다. 그중에서 이번 학기 공강 시간이 배식 시간과 맞는 39명이 우선 아르바이트를 하게 된 것입니다.

어느 학생은 "라면으로 하루 끼니를 모두 때우는 친구를 위해 일한다"고 했습니다.

이 학생들이 식당 봉사를 하고 받은 식권은 학교에 기부되고, 기초생활수급가정 학생들에게 익명으로 전달된다고 합니다.

우리나라 젊은이들, 정말 이렇게 멋져도 되는 겁니까! 우리나라에는 푸르고 젊은 영웅들이 참 많습니다. 그런 청년들을 위해 우리는 무엇을 해야 할까, 즐겁지만 무거운 고민을 해봅니다.

면장님은 5급,
나는 4급

제주도 어느 마을의 식당에 가면 종업원 동수 씨가 있습니다. 동수 씨한테는 절대 한 번에 두 가지를 주문하면 안 됩니다. 하나씩 주문하면 동수 씨도 잘 알아듣기 때문에 빨리 나오지만 두세 마디를 이어서 하면 이해 불능, 언제 나올지 모릅니다. 동수 씨는 지체 장애 4급 판정을 받았습니다.

면장님이 식당에 오자 동수 씨가 말했습니다.

"면장님은 5급이지만 나는 4급이야."

언젠가 식당 사장이 농으로 "5급 공무원은 무척 높은 것인데 동수 너는 4급이니까 더 높지 않겠냐"라고 했던 말을 듣고 의기양양해진 것입니다.

"장가 안 가냐?"라고 하면 동수 씨는 항상 대답합니다.

"12월이 결혼식이야. 와."

"축하한다. 어떤 여자인데?" 이렇게 물으면, "여자는 없어"라고 합니다.

"신부 없이 무슨 결혼을 해?"라고 하면, "결혼식이니까 결혼하는 거야"라고 순박하게 대답합니다.

자기가 좋아하는 사람이 오면 음식을 갖다 주고 말합니다.

"먹어."

그러면서 그 앞을 떠나지 않습니다.

"내 앞에서 먹어."

그 사람이 맛있게 먹는 걸 보고 싶어 하는 동수 씨. 그 사람이 맛있게 먹는 걸 보고서야 배시시 웃으며 자리를 뜨는 동수 씨.

그래서 그 식당에는 항상 웃음꽃이 핍니다. 4급이 자랑스러운 동수 씨 덕분입니다.

그러면 그런대로,
저러면 저런대로

　　지인은 초등학교 2학년 때 담임선생님을 결코 잊지 못합니다. 그 선생님과는 지루하거나 딱딱하게 공부한 기억이 없습니다. 수업 시간에 반 아이들이 연신 깔깔대며 웃기 바빴습니다. 농담을 잘해서가 아니라 선생님이 창의적이고, 따뜻했기 때문입니다.

　　한번은 시험이 끝나고 점수 발표가 있었습니다. 그때는 체벌이 있던 때라 성적에 따라 손바닥을 맞게 되었습니다. 다른 반에서는 곡소리가 나오는데, 그 반에서는 그날도 깔깔 웃음소리가 났습니다.

　　"자, 이제부터 손바닥을 맞을 거예요. 매는 성적에 상관없이 한 대부터 열 대까지 때릴 건데, 한 대가 가장 약하고 열 대로 향해 갈수록 세집니다. 자기가 잘못했다고 생각하는 순간 아프다고 하면 멈출 거예요."

선생님은 30센티미터 자를 준비하고, 아이들은 앞으로 나가서 일
렬로 늘어섰습니다.

그런데 1번 타자가 한 대 맞기도 전에 손바닥을 비비며 엄살을
떨었습니다. 그러자 선생님이 피식 웃으며 "통과!"를 외쳤습니다.
2번 타자는 나비가 꽃잎에 살포시 내려앉듯 떨어지는 매를 맞고
'아!' 하며 엄살을 피웠습니다. 선생님이 이번에도 "통과!"를 외쳤
습니다.

이쯤 되자 기다리는 아이들은 난데없이 연기 연습을 하고 서로
자기 차례가 오길 기다렸습니다. 오버액션을 하는 아이가 있을 때
면 다 같이 까르르 웃었습니다. 또 다 같이 노래 부르듯 한 대, 두 대
를 세었습니다.

지인은 석 대를 맞고 살짝 미간을 찌푸려 보았습니다.

"통과!"

그런데 선생님을 당황하게 하는 아이가 있었습니다. 좀 둔감한 친구였는데, 다섯 대가 넘어가도록 미동도 없고, 눈도 깜짝하지 않은 것입니다.

"이제 점점 세질 거야."

선생님이 엄포를 놓았고 손목에 힘을 살짝 더해 때렸지만, 강도가 약했는지 여덟 대, 아홉 대가 되도록 그 친구는 꿈쩍도 하지 않았습니다. 선생님은 결국 열 대를 채우고 빙그레 웃었습니다.

왁자지껄한 체벌이 끝난 뒤, 선생님은 마무리 멘트를 했습니다.

"어떻게 매를 맞으면서도 다들 제각각 성격이 나올까? 난 이래서 니들이 참 좋다."

얌전하고, 거칠고, 수선스럽고, 우직하고…… 그러면 그런대로, 저러면 저런대로 아이들 캐릭터를 한 사람 한 사람 다 인정해 주고 그 아이들의 있는 그대로를 진심으로 사랑하는 선생님, 수선화에게 장미가 되라고 요구하지 않고 풀잎에게 빨리 나무가 되라고 강요하지 않고 그 자체로 훌륭하다고 어깨 두드려주는 선생님, 그런 선생님들이 더 많아졌으면 좋겠습니다.

그해 겨울은
따뜻했네

　현이는 집이 지방이라 대학 시절부터 서울에서 혼자 자취 생활을 했습니다.

　어느 해 겨울, 눈보라가 갑자기 휘몰아치던 밤이었습니다. 일을 마치고 버스 정류장에서 내린 현이는 앞이 보이지 않을 정도로 몰아치는 눈보라에 당황했습니다. 집까지는 빠른 걸음으로 3분 거리, 우산이 없어서 눈을 피할 길이 없었지만 가까운 거리니 지체하지 말고 빨리 가버리자 싶었습니다. 날이 몹시 춥고 바람도 매서웠기 때문입니다.

　몇 발자국 떼었을 때부터 후회가 몰려왔습니다. 몰아치는 눈보라에 순식간에 눈사람이 되었습니다. 길이 미끄러워 빨리 걸어갈 수도 없었습니다.

오피스텔 1층 현관에 도착했을 때, 카키색의 점퍼는 눈으로 겹겹이 코팅되어 있었고 안경까지 눈으로 뒤덮여 있었습니다.

마침 경비실에서 관리원 아저씨가 나오다가 현이를 보고 깜짝 놀라 달려왔습니다.

"아이고, 완전 눈사람이 됐네!"

아저씨는 걱정스러운 얼굴로 머리부터 발끝까지 눈을 쓸어주었습니다. 어릴 때부터 아버지와의 심리적 거리가 천리만리라서 그 아저씨의 손길이 무척 낯설었습니다. 겸연쩍어 괜찮다고 사양했지만 아저씨는 부지런히 투박한 손을 움직여 눈사람이었던 현이를 다시 사람으로 만들어주었습니다.

마치 딸이 눈을 맞고 온 듯 애처로운 표정으로 눈을 털어주는 그 손길에 먹먹해진 현이는 문득 아버지가 사무치게 그리웠습니다.

방에 들어온 현이는 큰맘 먹고 아버지에게 편지를 썼습니다. 말로는 차마 전하지 못할 것 같아서입니다.

"보고 싶어요, 아버지……."

쓰고 나니 쉬운 이 말을 왜 그동안 한 번도 전하지 못하고 살았을까요. 관리원 아저씨의 투박한 손길 덕분에 현이는 잃어버린 아버지를 다시 마음에 채웠습니다.

나,
젊어

버스가 정류장에 서자 할머니가 버스에 올랐습니다. 한 젊은이가
자리를 양보했습니다.

"앉으세요."

할머니가 갑자기 농을 걸었습니다.

"나, 젊어."

젊은이가 응수했습니다.

"저도 젊어요. 아직 20대예요."

할머니가 짐짓 태연하게 말했습니다.

"난 스물도 안 됐어."

그러자 젊은이가 정색하고 말했습니다.

"그런데 왜 반말해요?"

그러고는 곧 헤헤 웃으며 덧붙였습니다.

"죄송합니다."

할머니도 까르르 웃었습니다.

만원버스에서 조용히 그들의 말을 훔쳐 듣고 있던 사람들도 자동으로 웃음을 터뜨렸습니다.

취사병의
닭다리 튀김

대학원을 마치고 남보다 늦은 나이인 스물일곱 살에 군에 입대한 지인은 힘든 군 생활을 보내야 했습니다. 훈련을 해내기도 체력적으로 힘들었지만, 그보다 더 힘든 것은 인간관계였습니다. 운동권 출신이라는 딱지가 붙어 있어서 나이 어린 선임들로부터 혹독한 대접을 받았기 때문입니다.

이리 구르고 저리 구르고, 이렇게 당하고 저렇게 당하던 어느 날, 여섯 살 어린 취사병 상병 길호 씨가 지인을 조용히 불렀습니다.

"고생 많죠? 이거 드세요."

그가 건네준 것은 닭다리 튀김. 취사병인 그가 해줄 수 있는 가장 큰 선물이었습니다. 하루 종일 몸도 마음도 힘들고 고되어 죽고 싶어지던 그날의 그 따뜻한 닭다리 튀김을 지인은 지천명의 나이를 넘긴 지금도 잊을 수 없다고 했습니다.

그 뒤로도 훈련이 유독 심하거나 고참들이 잠자기 전에 얼차려를 많이 시킨 날이면 취사병 길호 씨는 나직이 그를 불렀습니다.

"힘드시죠? 이거 드셔보세요."

나이가 어리지만 군대에서는 훨씬 고참이라서 형이라고는 못 부르고 존댓말을 썼습니다. 그리고 야채튀김이며 닭다리 튀김, 누룽지를 싸서 건네곤 했습니다.

지인은 생각합니다. 만일 군대 시절 취사병 길호 씨가 없었으면 버텨낼 수 없었을 거라고, 지켜봐주고 위로해 주는 사람이 있었으니 혹독한 군 생활도 이겨낼 수 있었다고.

때 묻은
은가락지

지인의 할머니는 올해 100세가 되었습니다. 38세에 청상과부가 되어 혼자 아이들 키우느라 평생 보따리 장사를 하고, 땅을 일구고 산 할머니. 손녀는 그렇게 일생을 꿋꿋하게 살아온 할머니가 참 좋습니다.

고향에 내려간 어느 날이었습니다. 할머니 곁에 자려고 누웠는데 할머니가 손수건에 싼 무언가를 꺼내와서는 손녀에게 건넸습니다.

펼쳐보니 시커멓게 때가 묻은 은가락지 한 쌍이었습니다. 평생 농사짓느라 제대로 된 가락지 하나 장만할 여유가 없었던 할머니. 며느리에게 물려주기에도 부끄러운, 값어치 안 나가는 은가락지를 손녀에게 정표로 주었습니다.

"아가, 나 죽어도 이 반지 보면서 할머니가 주셨다 생각해 줄래?"

울컥, 뜨거운 것이 올라와 "와, 우리 할머니 금가락지 해줘야겠다. 이게 뭐야" 하며 너스레를 떨어봅니다. 할머니는 고개를 절레절레 흔들며 이제는 버릴 것만 있지 새로 사면 안 되는 거라고 했습니다. 100세는 그런 거라고.

할머니의 은가락지는 지인의 손가락에서 머물고 있습니다. 마치 마법처럼 그 할머니의 때 묻은 은가락지가 손녀에게 용기를 불어 넣어 주고 삶을 따뜻하고 평화롭게 만들어주고 있습니다.

풍란 꽃
피다

　일산으로 이사 오던 날, 아파트 엘리베이터에서 조카 군이를 우연히 만났습니다. 촌수로는 칠촌 조카이지만 초등학교, 중학교 동창생이기도 합니다. 그리고 대학 시절에는 군이네 학교 남학생 다섯 명, 우리 학교 여학생 다섯 명이서 독서 동아리 '광장'을 만들어 일주일에 한 번씩 만나 책을 읽고 토론하기도 했습니다.

　어릴 때 군이는 우리 바로 앞집에 살았습니다. 코흘리개 시절, 우리는 담요로 막을 치고 연극하며 함께 놀았습니다. 나는 극본을 쓰고, 군이는 연출을 맡고, 동생들에게 배역을 나누어 주었습니다. 오랜 세월이 흘러 나는 방송작가가 되었고, 군이는 튼실한 기업 경영인이 되었습니다.
　그런 군이와 같은 아파트 같은 동에 또 모여 살게 될 줄이야…….

군이가 이 아파트에 사는 줄도 모르고 있던 나는 어린 시절에서 지금까지로 이어져 흐르는 인연이 경이로웠습니다.

군이는 사업 때문에 출장을 다니느라 1년에 절반 이상은 외국에서 보내는데, 그러는 중에도 고향 친구들에서부터 대학 친구들까지 주변 친구들 집안의 대소사를 일일이 챙깁니다. 고향에 가거나 대학 친구들을 만나면 모두 군이 칭찬을 하니, 사느라 바빠 친구들을 제대로 못 챙기고 살아온 나와 많이 비교가 됩니다. 이제야 친구들에게 다가가기 시작한 나는 군이를 따라가려면 아직 멀고 먼 우정 초보자입니다.

이사 온 그날 바로 군이가 와이프와 함께 풍란 하나를 들고 왔습니다. 고향 제주도의 바람을 머금은 풍란이었습니다. 풍란은 집에서 꽃을 피우기 힘들다고 하지만 군이의 마음을 생각해서 지극정성으로 길렀습니다.

꽃은 기르는 사람의 마음을 들여다본다지요. 얼마 전 2년 만에 거짓말처럼 풍란이 꽃을 피웠습니다. 풍란 꽃은 처음 보는데, 고개 숙여 함초롬히 피어난 꽃이 얼마나 아름답던지, 얼마나 우아하고 기품 있던지 완전히 매료되고 말았습니다.

아침에 일어나면 그 꽃 앞에 앉아 있고, 밤에 잠들기 전에 또 그

꽃 앞에 앉아서 들여다보며 '아, 예쁘다. 어쩌면 이렇게 예쁠까' 감탄을 합니다.

한참을 피어 있는 풍란 꽃처럼 우리의 우정도 그렇게 오래오래 어여쁜 꽃을 피우면 좋겠습니다.

그냥 들어주면
될 것을

지인이 직장을 쉴 때 서울에 올라오신 아버지와 매일 산책을 다녔습니다. 아파트 앞 너른 공터까지 가서 그늘에 앉아 있다 돌아오곤 하였습니다. 공터에는 여러 사람이 찾아옵니다. 게이트볼을 치는 분들도 있고, 아이와 산책을 나온 엄마도 있고, 나이 들어서도 체력을 부지런히 가꾸는 노인분도 있습니다.

그런 어느 날 아버지에게 어떤 할머니 한 분이 다가왔습니다.

"딸과 함께 산책을 나오니 얼마나 부러운 인생이에요?"

아버지가 말을 받아주자, 할머니는 본인의 신세한탄을 늘어놓기 시작했습니다. 신경과 약을 먹고 있다고 했습니다. 밤에 불면증에 시달리는데, 그 모든 게 약을 잘못 처방해 준 의사 때문이라며 푸념을 했습니다.

아버지는 참 사정이 딱하게 됐다며 고개를 끄덕여주고, 중간중간 "아이고, 참 힘들겠습니다" 하며 위로를 건넸습니다. 아버지 옆구리를 쿡쿡 찌르며 그만 들어가자고 눈치를 주었지만 아버지는 도리어 딸에게 역정을 내며 가만있으라고 했습니다.

다음 날 산책길에서도 다시 그 할머니를 마주쳤습니다. 할머니는 어제처럼 다가오더니 똑같은 푸념을 했습니다. 아버지는 전날처럼 똑같이 고개를 끄덕여주고, 중간중간 위로를 건넸습니다.

다음 날, 그다음 날도 마찬가지였습니다. 그렇게 아버지는 고향으로 내려가기 전날까지 매일 그분을 만나 매번 똑같은 이야기를 들어야 했습니다.

짜증이 나서 그 할머니를 피해 다른 데로 가자는 딸에게 아버지는 말했습니다.

"돈을 달라는 것도 아니고, 손을 잡고 달음박질을 하자는 것도 아니고, 가만히 앉아서 듣기만 하는 그게 뭐 어렵냐."

사람이 다가와 말을 건넬 때는 그 말을 잘 들어주라고, 그것만으로도 그 사람은 치유가 된다는 아버지의 말에 딸은 고개가 숙여졌습니다.

점쟁이가
잡아준 손

후배 종은이는 늘 어깨가 아픕니다. 친정, 시댁, 두 집 모두의 맏이 노릇을 해야 하고, 두 아들의 뒷바라지를 해야 하고, 자신의 꿈도 챙기느라 어깨가 뭉치고 등이 뻣뻣합니다.

종은이에게는 양가 부모님도, 아직 제 앞가림 못 하는 자식들도 다 살아가는 동안의 숙제이고, 짐입니다. 팔자가 그래서인지 늘 일도 많고 바쁩니다.

언젠가 거리를 걷다가 재미 삼아 점집에 들어섰는데, 점쟁이가 종은이의 손을 꼬옥 잡으며 "힘들어 어쩔꼬?" 하고 안타까워했습니다. 얼마나 위안이 되었던지, 종은이는 그 점쟁이 손을 붙잡고 한참 동안 울다 나왔다고 합니다.

그랬더니 후련했습니다.

종은이는 생각했습니다. 점을 치러 간 게 아니라 치유를 받으러 갔나 보다고…….

같이 손 붙잡고 같이 울어줄 사람. 이런 사람 한 사람만 두어도 삶의 연금술사를 둔 것이나 마찬가지입니다. 우리에게 가장 시급한 것은 이런 사람을 곁에 두는 것이겠지요. 그리고 누군가에게 그런 사람이 되어주는 것이겠지요.

어머니의
보따리 속에는

어느 파출소로 "할머니 한 분이 보따리 두 개를 들고 한 시간째 동네를 서성인다"는 신고가 들어왔습니다.

할머니는 파출소에 와서도 "딸이 아기를 낳고 병원에 있다"는 말만 반복할 뿐 당신 이름조차 기억하지 못했습니다. 치매를 앓고 있던 할머니는 보따리를 껴안고 하염없이 울었습니다. 슬리퍼를 신고 있는 차림새를 봐서 가까이 사는 사람일 것으로 판단한 경찰이 할머니를 아는 주민을 찾아 나섰습니다.

수소문 끝에 할머니를 아는 이웃이 나타났고, 경찰은 할머니를 딸이 입원한 부산진구의 한 병원으로 모셔갔습니다. 할머니의 말대로 딸은 예쁜 손녀를 낳고 입원해 있었습니다.

딸을 보자 그제야 할머니는 손에 꼭 쥐고 있던 보따리를 풀었습니다. 보따리 안에는 이미 식어버린 밥과 미역국, 나물 반찬이 있었습니다.

"어서 무라."

어머니의 그 말에 딸은 그만 눈물을 펑펑 쏟고 말았습니다.

어머니의 머릿속에서 다른 모든 기억이 지워진다고 해도 자식은 지울 수 없습니다. 기억의 지우개가 자식만은 절대 지우지 못합니다.

출산한 딸에게 따뜻한 밥과 미역국을 먹여야겠다는 어머니 마음, 온전치 못한 정신에도 딸을 위해 미역국을 품에 안고 온 어머니 마음, 그 마음은 하느님 마음입니다.

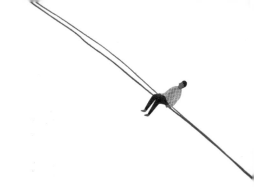

선 긋기 문제의
답처럼

　학원에서 아이들을 가르치는 제자 서진이는 영어 수업을 하다가
순간 뭉클했습니다.

　선 긋기 문제를 푸는데 한 아이가 "잠깐만요" 하더니 필통에서 플
라스틱 자를 척 꺼내들었습니다. 자를 대고 ⓐ과 ⓑ를 조심스럽게
연결하는, 볼이 통통한 열두 살 남자아이. 선을 대충 긋지 않고 가능
한 한 반듯하게, 어긋나지 않고 정답까지 정확하게 긋고 싶었나 봅
니다.

　그 아이를 보면서 서진이는 괜히 마음이 짠했습니다. 그 아이의
신중하고 섬세한 마음이 유리알처럼 불안스럽게 느껴졌기 때문입
니다.

　'앞으로 펼쳐질 이 아이의 인생도 학습지의 한 페이지처럼 깨끗

하고 반듯하게 채워나갈 수 있을까?'

서진이는 그 아이가 겪게 될 '훼손'의 순간을 예감하며 가슴이 아렸습니다.

속으로 작은 소원을 빌어봅니다.

앞으로 펼쳐질 아이들의 인생에서도 이렇듯 자를 대고 선을 그으면 거기에 정답이 놓여 있기를…… 가르쳐온 대로, 배워온 대로 바르게 걸어갔는데 거기에 비상식적인 결말이 놓여 있어 우리 아이들을 절망케 하지 않기를…… 똑바로만 걸어가면 상식적인 결말로 향하는 그런 세상이 펼쳐지기를…….

누가 버린 꽃을
꽂았을 뿐인데

제법 규모가 있는 어느 기업에서 있었던 일입니다. 회사 건물에
는 층마다 청소하는 미화원이 따로 있는데, 11층 아주머니는 뭐가
그렇게 즐거운지 항상 싱글벙글 미소를 짓습니다.

11층 화장실에 가면 늘 꽃향기가 가득합니다. 아주머니가 꽃을
꽂아두기 때문입니다. 일부러 돈을 주고 사온 꽃들이 아닙니다. 기
업 특성상 행사가 많고, 행사 후 버려지는 꽃들이 많은데, 아주머니
가 그중에 싱싱한 꽃들을 잘 간추려서 화병에 꽂아두는 것입니다.

화장실에 들어서는 사람들은 가장 먼저 꽃향기를 맡고는 "아, 이
게 무슨 향기지?" 하며 반가워합니다. 삭막한 화장실 구석이 마치
갤러리처럼 변했습니다. 여자 화장실뿐 아니라 남자 화장실도 꽃
향기로 가득합니다.

그러던 어느 날 미화원의 근무 계약일이 만료되었습니다. 다음

달부터 미화원이 바뀐다는 소식이 들려왔습니다. 그동안 미화원이 숱하게 바뀌었지만, 하루하루 바삐 지내는 회사 사람들은 어떤 직원이 바뀌는지 관심조차 없었습니다. 그러나 이 아주머니가 바뀐다고 하니 모두 아쉬워했습니다.

그러던 중 11층 직원들과 사장이 점심을 같이 먹게 되었습니다. 사장이 "건의할 것 있으면 말씀하세요"라고 하자 직원 한 사람이 손을 번쩍 들었습니다. 무슨 건의사항일까 사장은 긴장했습니다. 직원이 말했습니다.

"우리 11층 미화원은 바꾸지 말아주십시오."

그러자 옆에 있던 다른 여직원도 "저도 같은 생각입니다. 11층 미화원 아주머니 정말 좋습니다"라고 했습니다.

그 후 미화원 아주머니는 우수 직원으로 표창도 받고 계속 그곳에서 근무하게 되었습니다. 회의 때의 이야기를 전해 들은 아주머니는 "누가 버린 꽃을 가져다 꽂은 것뿐인데……"라며 눈물을 반짝였습니다.

꼭 필요한 사람은 대단한 일을 하는 사람이 아닙니다. 내가 있는 자리에서 내가 할 수 있는 일을 하는 사람, 그 일을 즐겁게, 감사한 마음으로 하는 사람, 그런 사람이 꼭 필요한 사람, 없으면 안 되는 사람입니다.

주변에서도 그런 사람을 돕습니다. 일부러 도우려고 하는 게 아니라 그 사람이 꼭 필요하기 때문에 자연스럽게 돕게 되는 것입니다.

맞바꾼
돈

명절날 지인은 모처럼 할머니 방을 청소해 드렸습니다. 이불을 탈탈 털어 햇볕에 말리고, 창문도 활짝 열고 싹싹 빗질에 걸레질에 예쁜 짓 좀 했더니 할머니도 기분이 좋은지 칭찬을 쏟아놓기 시작합니다.

"이웃집 어멈들이 우리 집 손녀들 보면 다들 부러워한다. 할머니 생각도 끔찍하게 한다고. 세상천지 우리 손지들만 한 애들이 어디 있다냐."

그날 밤 할머니가 손녀에게 물었습니다.

"아가, 요새도 구 지폐 쓸 수 있냐?"

"구 지폐요? 옛날 돈? 언제 적 돈이 있는데요?"

상평통보라도 숨겨놓은 줄 알고 귀가 번쩍 뜨였습니다.

"저기 내 옷장 제일 밑바닥에 보면 비단 주머니 있는데 그것 좀 꺼내와라."

할머니의 말에 벌떡 일어나 할머니 옷장 바닥을 뒤졌습니다. 비단 주머니 하나가 잡혀 꺼내서 열어보았더니 신권 나오기 바로 직전의 지폐들이 1만 8천 원 정도 들어 있었습니다. 물론 지금도 통용이 되는 돈이었지요.

"이거 지금도 써요. 할머니 쌈짓돈이에요?"

손녀의 물음에 할머니가 잠시 뜸을 들이더니, "그거 내 저승 갈 때 쓸 노잣돈이다. 구 지폐라 저승사자들이 안 받아주면 어쩌나 싶어서……. 그 돈 나왔을 때 죽을 줄 알았는데 백 살이 되도록 살 줄 누가 알았겠냐. 신권 있으면 좀 바꿔줄래?" 하는 것이었습니다.

할머니의 순수함에 웃음이 나다가, 노잣돈이라는 말에는 마음 한 켠이 아릿하니 아팠습니다.

"기분이다. 내가 더 채워서 10만 원 만들어줄게요."

지인은 명절날 조카들 주려고 준비해 간 빳빳한 신권을 할머니 비단 주머니에 넣어드렸습니다. 그리고 할머니의 구 지폐는 자신의 보물 상자에 소중히 넣어두었습니다.

추억의
흰죽

제주도 서귀포의 작은 마을에 살던 지인은, 중학생 때 엄마 품을 떠나 어린 나이에 면 소재지에서 자취 생활을 했습니다. 열세 살 소녀가 혼자 자취 생활을 하려니 힘든 데다 엄마도 보고 싶어 자주 울었습니다.

그러던 어느 날 몸살에 걸렸습니다. 온몸이 와들와들 떨리면서 열이 나고 어지러워 학교에 나갈 수가 없었습니다. 끙끙 앓으며 "엄마, 엄마" 불러도 먼 곳에 있는 엄마가 달려와 줄 리 없었습니다. 그때는 휴대 전화도 없을 때라 당장 연락할 수도 없었습니다.

소녀는 약이라도 사 먹어야 할 것 같아 부들부들 떨면서 약국까지 겨우 걸어갔습니다. 30대 약사 아주머니가 이마를 짚어보더니 "아이고, 펄펄 끓는다" 하면서 약을 지어주었습니다.

"엄마한테 가서 소화가 안 되니까 죽 끓여달라고 하고, 죽 먹고 나서 30분 후에 약을 먹도록 해."

약사 아주머니가 약봉지를 건네며 말했습니다. 소녀는 "엄마가 집에 없어요. 자취하고 있어서……"라고 간신히 대답했습니다. 약사 아주머니는 어린 나이에 소녀가 집을 떠나 자취 생활을 한다는 것을 알고 혀를 끌끌 찼습니다.

약사 아주머니는 그길로 약국 문을 닫아걸고 소녀와 함께 자취방으로 왔습니다. 그리고 소녀를 자리에 눕게 하고는 죽을 끓이기 시작했습니다.

잠시 후 약사 아주머니는 김이 모락모락 나는 흰죽과 간장 종지를 내와 소녀에게 먹으라고 했습니다. 숟가락 하나 들 힘이 없는 소녀에게 죽을 직접 떠먹이고, 간장도 찍어 입에 넣어주고, 다 먹는 것까지 보고 나서야 약사 아주머니는 돌아갔습니다.

결혼하고 바쁘게 사는 중에도 지인은 그때 약사 아주머니가 끓여준 그 흰죽 맛을 잊지 못했습니다. 그 흰죽이 자신을 살려냈다고 굳게 믿었습니다.

50대 중반의 나이가 된 지인은 어느 날 심한 감기에 걸렸습니다. 꼭 중학생 때의 그날처럼 으슬으슬 한기가 돌고 온몸이 와들와들 떨렸습니다. 우울하고, 슬프고, 아프고, 견딜 수 없었습니다.

"흰죽 먹고 싶어"라는 말에 남편도 아이들도 "끓여먹어"라고만 했습니다.

천근만근 내리누르는 몸을 일으켜 흰죽을 젓다가 지인은 수저를 내팽개쳐버렸습니다. 문득 눈물이 핑 돌면서 그 약사 아주머니가 그리워서 흐느껴 울었습니다. 지인은 짐을 꾸렸습니다.

"어디 가려고?"

남편이 묻자 지인은 대답했습니다.

"흰죽 먹으러."

"어이쿠! 갱년기 아줌마 무서워 죽겠네" 하며 남편은 더 이상 말리지 못했습니다.

어린 나이에 자취 생활을 했던 골목…… 멀리 그 약국의 간판이 보였습니다. 이름이 40여 년 전 그대로였습니다. 가슴이 세차게 뛰었습니다.

약국으로 들어서자 그때 그 약사 아주머니가 70대 노인이 되어 돋보기를 쓰고 뭔가를 읽고 있었습니다.

"아주머니, 저 모르시겠어요?"

지인이 묻자 할머니 약사가 안경 너머로 보고는 "뉘신지……" 하고 물었습니다.

"열세 살 순영이에요. 그때 아주머니가 저를 살려주셨잖아요. 흰 죽 끓여서 먹여주셨던……."

말이 끝나기도 전에 "아이고!" 하며 할머니 약사가 벌떡 일어나 지인의 손을 덥석 잡았습니다.

중학생 소녀는 50대 중년이 되고, 30대 약사는 70대 노인이 되어서, 두 여인은 그렇게 손을 맞잡고 한동안 말을 잇지 못했습니다.

"아주머니, 제가 좀 아파요. 약도 지어주고 흰죽도 끓여주세요. 그걸 먹어야 나을 것 같아요."

제주도까지 와서 아프다고 하소연하는 지인의 눈에도, 지인을 보는 늙은 약사의 눈에도 눈물이 고였습니다.

내 이웃집
남편

얼마 전에 한 여성 잡지에서 이런 설문 조사를 했습니다.

"우리나라의 남편들이 이 세상에서 가장 싫어하는 사람은 누구일까요?"

그런데 그 설문 조사에서 아주 뜻밖의 결과가 나왔습니다.

1위가 '내 이웃집 남편'이었습니다.

수많은 남편들은 왜 '내 이웃집 남편'이 가장 밉다고 대답을 했을까요? 어느 30대 중반의 남성에게 기자가 이유를 물었더니 대답이 걸작이었습니다.

"아내의 말로 미루어 보면, 옆집 남편은 회사에서는 능력 있는 사람으로 인정 받고, 친구들 사이에서는 인간성도 최고이고, 아내한테는 값비싼 옷도 턱턱 잘 사준답니다. 그뿐입니까? 집안일도 아내가 잔소리하기 전에 척척 해내고, 게다가 낭만적인 남자라니, 그게 어디 사람입니까?"

아내는 늘 그렇게 남편에게 "이웃집 남자를 좀 보라"며 잔소리를 했던 것이고, 그래서 남편들이 괜히 '죄 없는 이웃집 남편'을 미워하게 된 것입니다.

이건 비단 남편들만의 현상은 아닙니다. 아이는 아이대로 옆집 아이를 미워하고, 자기 반 1등을 미워하고, 사촌형을 미워합니다. 비교당하기 때문입니다.

"그애는 공부도 잘하고, 부모님 말씀도 잘 듣고, 형제간에 싸우지도 않고, 예의도 바르고, 잘 먹어서 키도 쑥쑥 큰다더라!"

이런 말을 들으면서 아이도 이런 생각을 하지 않을까요?

"그애가 사람이야?"

또 남편들도 다른 집 아내와 비교하는 말을 아내에게 은근슬쩍합니다.

"살림도 잘하고, 돈도 잘 벌고, 아이 교육도 잘 시킨다더라. 게다가 시부모 공양 잘하고, 날씬하고 예쁘기까지 하다더라."

이렇게 되면 아내 역시 이런 소리를 하게 마련일 겁니다.

"그 여자가 인간이야?"

비교당하는 것처럼 마음이 상하는 건 없지요. 그 누구와도 비교하지 말고 오직 내 곁에 있는 그 사람의 존재, 그 자체만을 고마워하면서 "그 누구보다 당신이 최고"라는 고백을 하면 좋겠습니다.

마음에는 메아리가 있습니다. 그를 기쁘게 해주면 다시 그 기쁨이 돌아와서 내가 기쁘고, 그를 언짢게 하면 언짢음이 메아리가 돼서 돌아와 나 자신도 언짢게 됩니다. 내 즐거운 말 한마디, 내 반가운 표정 하나가 나에게 그대로 '반사'되어 돌아온다는 사실, 잘 기억하고 싶습니다.

내 아들은 좋겠다,
아빠가 있어서

어릴 때부터 할머니 손에 자란 준호는 아버지의 사랑을 받아본 적이 없습니다. 그래서 준호에게 아버지의 존재는 사랑이 아닌 마음의 상처입니다.

신혼 시절 아내가 설거지하면서 무심코 흥얼거렸습니다.

"어젯밤에 우리 아빠가 다정하신 모습으로 한 손에는 크레파스를 사가지고 오셨어요, 음음!"

아내와 같이 설거지를 하던 준호의 표정이 굳어졌고, 아내는 아차 싶었습니다.

"미안해, 여보. 아까 라디오에서 들었는데 그냥 나도 모르게 불렀지 뭐야."

준호는 아내의 말에 대꾸도 없이 방으로 들어가 버렸습니다. 준호에게는 '아빠'라는 단어도 금기어이고, '아빠'에 대한 노래도 금지곡이었습니다.

그런 준호에게 아이가 생겼습니다. 준호는 아들을 둔 아빠가 된 게 신기하기만 했습니다.

"여보, 아기 분유 좀 먹여줘."

아내의 말에 준호는 분유를 타고 방으로 들어가 아기를 안았습니다. 배가 고팠는지 급하게 먹는 아기…… 무거운 눈꺼풀을 억지로 이기며 아빠를 올려다보는 아기의 얼굴에서 준호는 눈길을 떼지 못했습니다.

준호는 아기가 편안히 잠들도록 가슴을 토닥여주었습니다. 아기가 기분 좋은 옹알이를 했습니다. 무얼 말하는지 모르지만 준호에게는 그 소리가 '아빠'라고 들렸습니다.

준호는 자기도 모르게 노래를 불렀습니다.

"어젯밤에 우리 아빠가 다정하신 모습으로……."

한 번도 불러보지 못한 노래, 아내가 무심코 불렀을 때 화가 치밀었던 노래, 그 노래가 무심코 준호의 입에서 흘러나왔습니다. 그동안 그 노래를 부를 수 없었습니다. 아버지는 그리워할 수도 없는 존재라서, 그래서 그저 질투가 나서였습니다.

준호가 부르는 그 노래를 들으며 서서히 눈을 감고 잠이 드는 아기를 보며, 준호는 괜히 아기에게 질투가 났습니다.

'그래. 넌 좋겠다. 아빠가 자장가도 불러주고.'

한 번도 제대로 불러보지 않았던 노래를 준호는 가사 하나 틀리지 않고 불렀습니다. 아내가 방으로 들어서다가 노래를 듣고 놀라 물었습니다.

"어? 그 노래 우리 집에서 금지곡 아냐?"

준호가 아내에게 말했습니다.

"이제부터 이 노래 금지 풀렸어."

준호는 생각했습니다.

'그나저나 언제 크레파스를 사다 줄 만큼 우리 아들이 클까? 48색 풀세트도 사줄 수 있는데……'

머리
감겨드립니다

제자 희승이 폐 수술을 받고 누워 있을 무렵이었습니다. 가습기에서 끊임없이 수증기가 피어오르고 여기저기 기침 소리가 들리던 6인실 호흡기 병동. 수술한 후여서 힘없이 늘어져 있었습니다.

잘 씻지도 못하고 기진맥진 누워만 있은 지 5일째. 어머니가 물티슈로 몸을 닦아주고 얼굴도 씻겨주었지만 떡이 진 머리는 해결 방법이 없었습니다. 땀은 차고, 가렵고, 답답하고…… 머리 한번 감으면 원이 없겠다 싶었습니다.

그러던 어느 날 노란색 옷을 입은 아주머니 한 분이 카트를 끌고 병실로 들어왔습니다.

"머리 감고 싶으신 분, 머리 감겨드립니다."

그 아주머니의 말에 구겨져 있던 희승의 얼굴이 환해졌습니다. 병실에서 머리를 감게 될 것이라고는 생각지도 못했습니다.

아주머니는 자원봉사로 환자들의 머리를 감겨주는 분이었습니다. 입원해서 오랜 기간 환자로 지내보았던 아주머니는 머리를 감고 싶어 하는 환자 마음을 누구보다 잘 이해하고 있다고 했습니다.

아주머니는 마음을 담아 구석구석 머리를 감겨주었습니다. 얼마나 시원한지 눈이 스르르 감겼습니다. 머리를 감고 나니 머릿속까지 맑아지며 다시 살아갈 초강력 희망을 선물 받은 듯 했습니다.

타인에게 위로를 전하는 방법…… 어쩌면 아주 사소하고 간단한 일일지도 모릅니다. 누군가에게 참 좋은 당신이 되는 법은 그렇게 어렵지 않습니다.

어머니는
내 인생의 전부

어느 날 방송에서 백발이 성성한 72세 할아버지가 노모를 극진히 모시는 이야기를 접했습니다.

어머니 연세는 107세였고, 아들도 백발이 성성한 72세 할아버지였습니다. 아들은 거동조차 불편한 어머니를 지극정성으로 보살핍니다. 어머니가 5년 전부터 치매를 앓고 있어 더욱 곁을 떠날 수 없습니다. 대소변을 못 가리는 어머니를 위해 매일 물을 데워 어머니를 씻겨드립니다.

아침부터 저녁까지 세 끼 따뜻한 밥을 어머니에게 먼저 차려드리고 나서야 늦게 밥을 챙겨먹습니다. 아들의 밥상은 초라하지만 어머니 밥상에는 꼭 고기반찬을 올려놓습니다. 아들의 인생은 모두 어머니를 향해 있습니다.

이쯤 되면 '저러고 어떻게 사실까, 저 연세에 힘드실 텐데' 하는 생각이 듭니다. 그러나 아들의 얼굴에서 슬픔이나 불만 같은 건 찾아볼 수 없습니다. 오히려 기쁨이 가득한 얼굴입니다. 단 하나, 젊은 시절 어머니에게 좀 더 잘하지 못한 것을 후회한다고 합니다.

"어머니가 고기를 먹을 줄 모른다고 그러시기에 '어머니는 고기를 못 드시는구나' 생각하고 나만 먹었지. 지금 생각하면 그렇게 어리석은 일이 어디 있어? 지금 후회되는 것이 그때 고기 한 점이라도 잡수시게 나눠드리지 못한 거야."

어머니는 결혼 후 남편이 둘째 부인을 얻자 아들을 데리고 집을 나왔습니다. 그 후에 말 못할 고생을 다 하면서도 아들에게는 쌀밥에 고기반찬을 먹였습니다. 어머니의 인생은 아들이 전부였습니다.

세월이 흐른 후, 이제 아들의 인생은 어머니가 전부입니다. 예전에 어머니가 그랬듯 이제는 아들이 어머니를 위해 생을 쏟고 있습니다.

요즘 들어 아들은 농사짓는 기력이 예전 같지 않다고 합니다. 어머니가 자꾸 집을 나가 길을 잃어버리니 어머니를 업고 밭에 나가야 합니다. 밭에 나갔다가도 일을 하는 둥 마는 둥 하고 다시 어머니를 업고 집으로 돌아올 때가 많습니다.

그러나 불행할 틈이 없습니다. 어머니를 업고 집으로 걸어가며 아들은 어머니가 좋아하는 노래 한 자락을 부릅니다. 그리고 사르르 잠이 들려는 어머니에게 말합니다.

"어머니 건강하시고 앞으로도 오래오래 사십시오. 항상 제가 옆에서 어머니를 지켜드리겠습니다."

손을
잡아주세요

　몇 해 전 교통사고로 다리를 다쳐 수술을 받은 적 있습니다. 인대가 끊어지는 중상을 입고 병원에 입원했습니다. 그때 마침 의사와 간호사들이 파업 중이라서 외래 의사가 수술하러 왔습니다.

　큰 수술은 아니었지만, 누군가의 위로와 응원이 절실히 필요했던 나는 고도孤島에 홀로 떨어진 듯 외롭고 두려웠습니다. 다른 누군가가 수술대에 누운 내 손을 잡아주면 얼마나 좋을까 싶었습니다.

　그 후 치과에서 이를 치료할 때였습니다. 간호사가 내 옆에서 손을 꼬옥 잡아주었습니다. 그 온기가 전해지면서 이를 치료받는 고통도, 두려움도 씻은 듯이 사라졌습니다. 콩콩 뛰는 마음이 가라앉으며 따뜻하고 편안했습니다.

　치료가 끝나고 그 간호사에게 몇 번이고 인사했습니다. 손을 잡아줘서 감사하다고. 의사 선생님은 치료해 준 건 나인데 왜 간호사에게만 감사하다고 하냐며 껄껄 웃었습니다. 그러나 손을 잡아준 간호사가 훨씬 고마웠던 걸 어쩌겠습니까.

병원에서도 감성 서비스를 하면 좋겠습니다. 환자가 느낄 두려움, 환자가 느낄 외로움은 의학이 아닌, 사람의 온기만이 달래줄 수 있으니까요. 불안이 영혼을 잠식하면 육체도 함락당하고 맙니다. 그러나 아픈 육체라 할지라도 영혼이 평온하면 조금은 평화로워지지 않을까요?

누군가가 잡아주는 손, 그 따뜻한 온기는 잊지 못할 삶의 응원가입니다. 지금 슬퍼하는 누군가가 있다면 그의 손을 잡아주세요. 불안해하는 누군가를 알아차렸다면 그의 손을 잡아주세요.

참 좋은
벌칙

생활 지도를 하는 학생 지도 담당 교사들은 어쩔 수 없이 학생들에게 벌을 주어야 할 때가 있습니다. 잘못을 하는 학생들이 있게 마련이고 그에 따른 벌을 주어 학생에게 잘못을 했다는 사실을 인지시켜야 하기 때문입니다.

그런데 이런 선생님이 있습니다. 이 선생님은 아이들이 잘못을 저지르면 운동장을 몇 바퀴 뛰라고 시키는 게 아니라 그 학생 앞에 전신 거울을 세워놓습니다. 그 전신 거울에는 이런 글귀를 써 붙여 놓았습니다.

"나를 봅시다."

자신의 잘못을 스스로 들여다보라는 뜻입니다.

늦게 오는 아이들에게는 벌칙 대신에 선생님과 마주 보며 인사를 하게 합니다.

'안녕하십니까' 20번 하기.

요즘 아이들이 운동할 시간이 없어 체력이 약한 것을 알고 벌칙으로 운동을 시키기도 합니다.

줄넘기 30번 하기.

아이들은 벌을 받고 있다고 느끼기보다 선생님과 기분 좋게 인사하고 있다고 느낍니다. 줄넘기를 하면서는 즐겁게 체력 단련을 한다고 느낍니다.

나는 쓸모없는 존재라는 의식보다 나는 중요한 사람이라는 인식을 심어주는 벌을 주고 싶다는 선생님, 영리한 요즘 아이들은 벌써 느낍니다. 그 선생님에게 받는 것은 벌이 아니고 사랑이라는 것을.

4장

한길을 가는 사람

유머와
낙관주의

작은오빠가 쓰러져서 병원에 입원했습니다. 의사가 진찰하며 물었습니다.

"담배 피우십니까?"

"끊었죠."

"언제 끊으셨습니까?"

"한 달 전에요."

한 달 전이라면 작은오빠가 쓰러진 날입니다. 의사가 웃고, 간호사가 웃고, 옆에 서 있던 나도 어이없어 웃고 말았습니다.

작은오빠는 수술을 받고 나서 얼마간 더 입원해 있었는데, 병문안을 갈 때마다 간호사들이 참 친절하다는 생각을 했습니다. 그래서 말했습니다.

"간호사가 어쩜 저렇게 친절할까?"

그러자 작은오빠가 말했습니다.

"나한테 반해서 그래."

아이고, 인간아!

어이없다는 듯 올케언니가 작은오빠의 볼을 톡톡 두드렸습니다.

수술 받기 전 신장 기능도 안 좋아져 소변 줄을 허리에 매달고 다녀야 했던 작은오빠. 보기에 얼마나 안타까웠는지 모릅니다. 그런데 수술이 끝나고 이제 소변도 잘 나온다며 하는 말이, "나를 이제부터 송강쇠라고 불러줘"랍니다.

암 수술을 받고 누워 있어도, 의사가 무시무시한 경고를 해도, 작은오빠의 유머 감각은 어디서나 발휘됐습니다. 그래서 자칫 지치기 쉬운 올케언니와 가족들을 웃게 하고, 경직된 얼굴의 간호사와 의사들을 웃게 했습니다.

유머의 힘은 대단합니다. 현실을 이기게 하니까요. 작은오빠는 이제 정말 많이 나았습니다.

링컨, 간디, 처칠, 맥아더…… 그리고 히틀러의 차이점은? 앞에 열거한 사람들은 유머 감각이 있었고, 히틀러는 유머 감각이 없었다는 점입니다.

〈타임〉지 편집 주간을 지낸 헤들리 도노번은 이런 말을 했다고 합니다.

"유머 감각은 지도자의 필수조건이다."

세계적인 기업 카운슬러인 데브라 밴턴은 CEO들의 공통된 특징으로 '유머 감각이 있다'는 것과 '이야기를 재미있게 한다'는 것을 들었습니다. 또 여성으로 CNN 부사장 자리에 오른 게일 에번스도 자신의 책에서 성공의 14가지 법칙에 '유머 감각'이라는 항목을 넣었습니다. 타인의 웃음을 끌어낼 수 있는 사람은 그만큼 협력과 지지를 쉽게 얻어냅니다. 유머는 곧 설득력입니다. 뛰어난 정치인들이 유머 감각을 갖춘 것도 이 때문입니다.

어떤 어려움에 닥쳤을 때 유능한 리더는 멋진 유머로 상황을 반전시킵니다. '유머를 가진 자는 다 가진 자'라는 말이 있습니다. 마음의 여유와 핵심을 짚는 능력과 표현 능력이 없으면 유머는 불가능한 능력이기 때문입니다.

그런데 어떻게 하면 유머 감각을 갖출 수 있을까요? 유머 감각을 갖추기 위해서는 우선 낙관주의가 되어야 합니다. 처칠은 제1차 세계 대전 때 폭탄이 떨어지는 전장의 참호 속에서 부하 장교들에게 이렇게 말했다고 합니다.

"좀 웃으시오. 그리고 부하들에게도 웃음을 가르치시오. 웃을 줄 모른다면 최소한 벙글거리기라도 하시오. 만일 벙글거리지도 못한다면 그럴 수 있을 때까지 구석으로 물러나 있으시오."

목숨이 경각에 달린 전쟁터에서도 웃음을 잃지 말아야 한다는 처칠의 낙관주의가 그를 위대한 리더로 만들었습니다. 그의 유머 감각과 낙관주의가 전쟁 중인 영국인들에게 용기와 희망을 줄 수 있었습니다.

유머 감각을 갖추기 위해서는 낙관주의와 함께 여유가 있어야 합니다. 그리고 세상 모든 것에 관심을 가지고, 따뜻한 마음으로 세상과 사람을 품을 수 있어야 합니다.

미국이나 유럽에서 그 사회를 흔드는 큰 사건이 터졌을 때마다 미국 월스트리트 증권가에는 메일이 빗발친다고 합니다. 그 메일을 들여다본 사람들은 폭소를 터뜨립니다. 거기에는 주식 동향이 아닌 온갖 유머들이 난무하기 때문입니다.

충격적인 사건이 터졌을 때 월스트리트에서 유머가 쏟아지는 이유는, '충격을 줄여보자'는 것, 자칫 위축되기 쉬운 투자 심리를 유머로 다시 일으키기 위함입니다. 그래서 커다란 사건이 터질 때마다 월스트리트에서는 주식 정보를 뽑느라 바쁜 것이 아니라 유머를 만들어내느라 바쁘다고 합니다. 그 유머의 힘이 얼마나 대단한

지 혹자는 이렇게 말하기도 합니다.

"지금의 미국 경제는 월가의 유머가 이뤄낸 것이다."

나는 유머러스한 사람이 참 좋습니다. 유머러스한 사람을 만나면 행복해집니다.

인생의
마술

어린 시절 잠자리에 누우면 어머니가 내 등을 토닥토닥 두드리며 자장가를 불러주었습니다.

그러던 어느 날 어머니의 자장가 소리에 스르르 잠이 들려는데, 자장가 소리가 점점 멎더니 노래 대신 어머니의 숨소리가 쌔근쌔근 들리기 시작했습니다.

자장가를 듣던 저보다 자장가를 부르던 어머니가 먼저 잠이 들어버린 것입니다. 딸을 재우려다가 먼저 잠들어버린 어머니의 낮고 규칙적인 숨소리는 자장가보다 더 평화롭고 따뜻했습니다. 그래서 나도 어머니 품속에서 깊이 잠이 들었습니다.

자장가를 불러주다가 아기보다 먼저 잠들어버리는 어머니처럼, 아픈 친구를 위로해 주다가 정작 내가 먼저 치유되기도 합니다.

위험에 처한 사람의 손을 잡아주었다가 오히려 내가 더 용기를 얻을 때가 있고, 힘든 사람을 위해 봉사하다가 내 마음이 먼저 행복해지는 때가 있습니다.

"어려운 사람들을 위해 써주세요."

우체통에 편지 대신 어렵게 모은 돈 봉투를 넣는 손길…… 그 마음에는 몇 배의 행복이 부메랑이 되어 돌아갈 것입니다.

스승도 제자에게 배우는 게 있습니다. 험한 길 잘 건너라고 손을 잡아주면서 나도 덩달아 힘이 나서 험한 길을 같이 무사히 헤쳐 나갑니다. 받는 사람도 행복하지만 주는 사람도 덩달아 행복해지는 것, 그것이 인생의 마술입니다.

기상
나팔

어린 시절 우리 집에서는 아침마다 기상나팔이 울리곤 했습니다. 그 기상나팔은 바로 아버지가 우리를 깨우는 헛기침 소리였습니다. 일어나라는 말은 한마디도 하지 않았지만 아버지의 헛기침 소리가 한 번 들리면 우리 육남매는 바로 후다닥 자리에서 일어나 이부자리를 정리해야 했습니다.

어릴 때부터 아버지의 기상나팔 소리에 익숙해져서 그런지 나는 지금도 아침에 일찍 일어나는 편입니다. 아무리 밤에 늦게 자도 습관이 돼서 아침 6시만 되면 저절로 눈이 떠집니다.

그런데 동생은 아침에 일찍 일어나는 것을 무척 힘들어했습니다. 어린 시절에는 동생도 아버지가 무서워서 아침에 억지로 일찍 일어나야 했습니다. 그러나 일본 유학 시절 동생은 여한 없이 아침에 늦잠을 잘 수 있었습니다. 그래서일까요. 아침잠 많게 태어난 동생은 방학 때 고향집에 내려가서도 아침에 잘 일어나지 못했습니다. 아무리 성인이 되었다고 해도 아침에 늦게 일어나는 것은 아버지한테 용납되지 않는 일이었습니다.

딸이 잠을 더 자기를 바라는 어머니는 "더 자게 놔두세요"라고 잔소리를 하기도 했습니다. 그래도 아버지는 어머니 잔소리를 피해 잠든 동생을 끈질기게 깨웠습니다. 동생은 일어나는 척했다가 아버지가 출근하고 난 후에는 다시 잠들곤 했는데, 어느 날인가는 아버지가 집에 두고 간 것이 있어서 돌아왔다가 다시 자고 있는 동생을 보고 크게 화를 낸 적도 있습니다. 단지 아침에 늦게 일어난다는 사실 때문에 아버지와 강적이 되어야 했던 동생은 억울하다고 항변했습니다.

"밤늦게까지 공부하다가 잤어요. 그런데 아침에 왜 꼭 일찍 일어나야 해요?"

그러자 아버지가 말했습니다.

"아침에 일찍 일어나면 하루에 두 시간이 더 생기는 법이다. 두 시간을 헛되이 낭비하고 말 거냐?"

밤의 시간은 하루의 기운을 충전하기 위해 필요한 시간이고, 아침 시간과 낮 시간이 온전한 생산의 시간이라고 아버지는 믿었습

니다. 아침부터 저녁까지 부지런히 일한 사람만이 밤에는 달콤한 휴식을 취할 자격이 있다고 아버지는 생각했습니다.

순도 99.9퍼센트의 순금을 24K로 표시하는데, 24시간 가운데 한 시간도 헛되이 쓰지 않는다면 24K, 순금 같은 하루를 보내는 것입니다. 아버지는 헛되이 보내버리는 시간을 무척 아까워했습니다. 낭비 중에서도 가장 아까운 것이 바로 시간 낭비라고 여겼기 때문입니다.

아버지 덕에 아침형 인간으로 자란 나는 드라마 작가가 되고 나서도 아침에 일찍 일어나는 습관이 몸에 배어 있습니다. 그래서일까요. 살인적인 분량의 원고를 써내야 하는 일일드라마를 네 번 썼지만 단 한 번도 드라마 원고 마감일을 어겨본 적이 없습니다. 그 비결은 아침에 남보다 일찍 일어난다는 데에 있다고 자신 있게 말할 수 있습니다.

나는 아침 시간을 넉넉히 선물 받고, 그 덕을 톡톡히 보는 사람입니다.

부채꼴 웃음
유산

　할아버지의 외출 준비는 늘 베레모를 눌러쓰는 것부터 시작됩니다. 화통을 어깨에 걸쳐 메고, 나무 이젤을 들고 나서는 할아버지. 비가 오거나 눈이 오거나 할아버지의 외출은 멈추지 않았습니다.

　어느 날 어린 손자가 할아버지를 따라나섰습니다. 버스를 타고 지하철을 타고 혜화역 인근에 있는 마로니에 공원으로 들어섰습니다. 할아버지는 커다란 나무 밑에 '초상화 그려드려요'라는 팻말을 세운 뒤 이젤을 펴놓고 앉았습니다. 지나가는 사람들이 할아버지 앞에 앉았습니다. 그리고 할아버지가 그린 초상화를 받아들고 웃음을 지었습니다.

　"얼마예요?"

　"돈 안 받습니다. 그냥 가시면 됩니다."

돈을 안 받겠다는 할아버지와 돈을 받으셔야 한다는 손님 사이에 작은 실랑이가 벌어집니다. 그래도 할아버지가 항상 이깁니다.

손자가 묻습니다.

"왜 공짜로 초상화를 그려주세요?"

"돈이 중요하냐? 행복을 주고받으면 되는 것이지."

할아버지에게 사람들은 따뜻한 커피도 건네고 갓 구운 붕어빵도 건넵니다. 그럴 때면 할아버지 얼굴의 주름들이 부채꼴처럼 펴졌습니다.

집으로 가는 길, 몹시 추운 겨울이었지만 손자는 하나도 춥지 않았습니다. 할아버지가 자랑스러워 굳은살 박인 할아버지 손을 꼭 잡고 걸었습니다.

할아버지는 간암으로 갑작스럽게 돌아가셨습니다. 할아버지가 마지막까지 놓지 않았던 것은 도화지와 연필이었습니다. 이제 할아버지 대신 미대생이 된 손자가 대학로에 갑니다. 그리고 나무 이젤을 펼쳐놓습니다.

"초상화 그려드립니다."

일주일에 한 번이지만 할아버지가 앉았던 그 자리에 이제 손자가 앉아 그림을 그립니다. 그림 값은 여전히 따끈한 붕어빵이나 커피입니다. 이제 손자는 이해합니다. 돈보다 훨씬 값진 게 행복이라는 것을……. 손자는 할아버지에게서 부채꼴 웃음 유산을 물려받았습니다.

멋진
아빠

한 여고생이 인터넷에 올린 글을 보았습니다.

　방과 후에 아이들과 호떡을 먹으려고 가는데, 호떡 파는 포장마차에서 허름한 아저씨가 호떡을 먹고 있었습니다. 아이들이 "저 아저씨 불쌍하다"고 하며 수군거렸습니다. 초라한 행색의 그 아저씨는 바로 여고생의 아버지였습니다.

　이미 포장마차에 들어선 다음에야 그 사람이 아버지라는 것을 안 여고생은 알은척하기 싫었습니다. 아버지는 일하다가 사고가 난 뒤로 다리를 절뚝거렸고, 최근에는 일을 맡지 못해 행색도 남루했습니다.

　아버지는 그 마음을 눈치채고는 딸에게 눈을 찡긋해 보였습니다.

'아버지라고 말하지 않아도 돼.'

그런 사인 같았습니다.

아버지는 5천 원을 탁자에 놓으며 말했습니다.

"여기 이 예쁜 여학생들 호떡 값까지 같이 계산해 주세요."

친구들이 "와! 아저씨, 감사합니다!" 하고 참새 떼처럼 인사했지만 아버지는 얼른 뒤돌아서 나갔습니다.

탁자 위에 놓인 5천 원짜리는 얼마나 오래 넣고 다닌 것인지 꾸깃꾸깃해져 있었습니다. 딸은 알고 있습니다. 아버지 지갑에는 이미 오래전부터 오직 이 5천 원짜리 한 장만 들어 있었다는 것을……

딸은 호떡을 먹다가 눈물이 났습니다. 친구들이 왜 그러냐고 물었습니다. 딸은 "너무 뜨거워서……" 하다가 그만 울음이 터져 나왔습니다.

딸이 포장마차를 뛰쳐나갔습니다. 저 멀리 아버지가 걸어가는 게 보였습니다. 절뚝거리면서도 행여나 들킬까 봐 어찌나 빨리 걸어가는지, 그 뒷모습이 시려서 기어이 눈물이 쏟아졌습니다.

포장마차에 들어선 딸은 친구들에게 말했습니다. 아까 그 아저씨, 사실은 우리 아빠라고.

친구들이 진심을 담아 말했습니다.

"우아, 네 아빠 진짜 멋지신 분이다! 아빠한테 잘 먹겠다고, 감사하다고 전해드려!"

"응, 우리 아빠 진짜 멋진 아빠야."

딸이 눈물 대신 미소를 지으며 말했습니다.

야간 알바생의
문자

후배 진희네 편의점에서 평일 야간에 아르바이트를 하는 성실한 학생이 있습니다.

얼마나 열심히, 즐겁게 일하는지 볼 때마다 흐뭇합니다.

주말 오후, 그 아르바이트생이 문자를 보내왔습니다.

"야간 근무 마치고 모처럼 주말을 알차게 보냈습니다. 마무리 잘하고 23시에 출근하겠습니다."

뭉클했습니다.

열심히 사는 그 학생이 후배 진희를 채찍질합니다.

더 열심히 살아야 한다고.

최선을 다해야 한다고.

한길을 가는
사람

 강원도 여행길에서 커피 집을 발견했습니다. 안목해변에서 차로 20분 정도 더 가면 '보헤미안'이라는 카페가 나옵니다. 아주 작은 빨간 우체통 모양의 팻말에 '보헤미안 박이추'라고 쓰인 간판이 보입니다. 학교 계단처럼 생긴 계단을 올라 들어서면 커피 향이 확 풍기면서 로스팅한 각국의 커피가 담긴 유리통들이 보입니다. 로스팅을 하는 방은 따로 있는데, 그곳에서 커피 명인 박이추 선생님이 직접 핸드드립을 해줍니다.

 재일동포 박이추 선생님은 우리나라 초대 바리스타 1세대 중에서 유일하게 현재까지 현업에서 커피를 내려주는 분입니다. 박이추 선생님은 '바리스타'라고 불리는 것을 싫어한다고 합니다. 그냥 '커피인'이라고 불러달라고 합니다.

외모부터 커피에 딱 어울리는 박이추 선생님이 혼자 계신 로스팅 룸에 들어갔습니다. "커피가 어쩌면 이렇게 맛있어요?" 하고 물었습니다. 그러자 선생님이 대답하더군요.

"여기 물맛이 좋아서."

그 카리스마에 눌려 질문을 잇지 못하다가 또 물었습니다.

"그런데 왜 이렇게 외진 곳에서 커피를 파세요?"

그러자 이번에는 이렇게 대답했습니다.

"사람 많으면 시끄러워서."

강릉 바닷가에서 사람 많은 곳을 피해 숲으로 들어갔는데, 그 숲이 밀리며 펜션이 지어지고 있다며 또 어디 숨을 곳을 찾고 있다던 바리스타, 간판을 크게 달지 않아도 사람들이 물어물어 찾아가는 커피숍의 바리스타, 사람 많은 거 싫어하고 바람과 숲과 흙과 바다를 좋아하는 바리스타, 커피인이라고 불러달라는 그분이 만들어주는 커피를 또 마시고 싶습니다.

나는 이런 사람들이 참 좋습니다. 세상의 시선이나 잣대에 아랑곳하지 않고 꿋꿋이 자신의 길을 걸어가는 사람들…… 한길을 지향하는 고집스러움이 참 좋습니다.

장점을
보세요

윈스턴 처칠의 고모는 처칠의 비서가 되려고 하는 사람에게 이렇게 말했다고 합니다.

"그를 만나고 다섯 시간 정도 지나면 그의 흠을 모두 볼 수 있을 겁니다. 그런데 그의 장점을 발견하려면 평생을 찾아도 어려울 겁니다."

사람에게는 누구나 단점도 있고, 장점도 있습니다. 하지만 그의 단점만 보는 사람도 있고 그의 장점만 보는 사람도 있습니다. 우리는 지금 타인의 어떤 점에 시선을 고정시키고 있을까요?

칼릴 지브란은 이렇게 말했습니다.

우리 인간의 가장 큰 단점은 다른 사람의 단점을 찾는 데 너무 몰두한다는 점이다.

인도의 정신적 지도자 간디는 생전에 사람들의 단점을 찾는 것을 단호히 거부했다고 하지요. 간디가 보내는 신뢰와 칭찬에 힘입어 수많은 사람들이 자신의 한계를 극복하고 큰 성공을 거둔 지도자로 성장했습니다.

카네기도 〈마음을 움직이는 50가지 법칙〉에서 다음과 같이 쓰고 있습니다.

상대에게 장점을 발휘하게 하려면, 그가 그 장점을 이미 갖추고 있다고 공공연하게 이야기하고, 그를 그렇게 대해 주어야 한다. 상대에게 좋은 평판을 하면 그 사람은 당신의 기대에 어긋나지 않으려고 노력할 것이다.

상대방이 변하기를 원한다면 드러난 약점을 들춰내기보다는 숨어 있는 장점을 캐내야 합니다. 사실 타인을 바꾼다는 것 자체가 무리인지도 모릅니다. 남의 단점을 교정하려는 사람이 아니라, 남의 장점의 발견자가 되는 것은 어떨까요?

내가 그 사람을 좋아하면 그도 나를 좋아하고 그 사람을 칭찬하면 그도 나를 칭찬합니다. 내 곁에 있는 그 사람의 장점을 보고 그의 손을 잡아준다면, 그의 어깨를 두드려준다면, 그에게 '난 널 믿는다'는 신뢰를 보내준다면, 그에게도, 당신에게도 놀라운 삶의 기적이 일어날 것입니다.

내 마누라가
제일 예뻐

친구 경희 부부를 만났습니다. 차의 앞좌석에 경희 부부가 타고 뒷좌석에 내가 탔는데 경희의 남편이 아내 손을 어찌나 만지는지 뒤에 앉은 내가 민망할 정도였습니다.

경희는 "아, 좀 그만 만져. 닳겠다!"고 하며 웃었고, 남편은 "아, 좋은 걸 어떡해! 누가 그렇게 예쁘래?"라고 했습니다. 나는 "누가 보면 너희 부부 불륜이라고 하겠다"며 웃었습니다.

경희는 남편이 밉다가도 결혼할 당시를 떠올리면 미워할 수 없다고 했습니다. 잘사는 집 아들에게 가난한 경희가 시집을 가려니 시부모 반대가 만만치 않았습니다. 시부모는 점쟁이에게 찾아가서 사주를 봤더니 결혼시키면 아들이 머지않아 죽겠다는 점괘가 나왔다며 결혼을 결사반대했습니다.

그때 경희 남편이 부모님에게 단호히 말했습니다.

"단 하루를 살다 죽더라도 이 여자와 살아보고 죽겠습니다."

그때 죄도 없이 꿇어앉아 죄인 취급을 받던 경희는 그 말에 눈물을 뚝뚝 흘렸습니다. 그렇게 결혼한 후, 빨리 죽기는커녕 하는 일마다 번창하고, 더 건강히 잘 살고 있는 중입니다.

경희는 사실 요조숙녀 타입이 아닙니다. 일을 하느라 살림을 알뜰살뜰 잘하는 것도 아니고, 요리 솜씨가 기가 막힌 것도 아닙니다. 그런데 경희 남편은 말합니다.

"요리 솜씨도 없지, 덜렁대지, 뭐 하나 잘하는 것은 없는데 예쁜 거 하나로 다 용서가 돼요. 하하하!"

내가 볼 때 그렇게 모든 게 용서가 될 정도로 빼어난 미모도 아닌데(^^) 그런데도 내 아내가 최고 예쁘다고 합니다. 한 미모 하는 여자 동창들이 모여서 찍은 단체 사진을 보면서도 "여기서 제일 예쁜 사람은 우리 마누라네"라고 하고 다른 얼굴에는 눈길도 안 줍니다.

나는 경희 부부가 참 보기 좋습니다. 같이 환하게 늙어가는 부부를 보면 기분이 참 좋습니다. 사랑이 오랜 세월을 이겨내기 힘들다는 것을 알기 때문에 사랑으로 오랜 세월을 함께하는 부부를 보면 참 고맙습니다.

비바
청춘

아들 재형이가 스무 살 되던 해 나는 향수와 장미꽃 다발을 선물했습니다. 재형이는 그중에 장미 한 송이를 빼들어서 이에 물고 사진을 찍으며 무척 즐거워했습니다.

백과사전에서는 성년의 날을 "만 20세가 된 젊은이들에게 어른된 자부심과 용기를 심어주기 위해서 행하는 의식"이라고 정의 내립니다.

조선 시대에는 성인된 남자에게 상투를 틀어 갓을 씌워주고, 여자에게는 비녀를 꽂아 쪽을 지게 했다지요. 또 옛날 양반 사회에서는 자字와 호號를 지어주고, 결혼할 자격과 벼슬길에 오를 권리도 주었습니다.

그런데 요즘 장미와 향수를 선물 받은 스무 살 청춘들은 마음이 날아갈 듯 기쁘기만 할까요?

스무 살은, 무모함도 용서가 되는 나이, 그 무엇이든 도전해 볼 수 있는 나이입니다. 하지만 책임도 따르는 나이입니다. 그런데 젊음은 혼돈의 기간이라 움직이는 물처럼 아무것도 잡히지가 않습니다. 물살이 고요해져야 주위의 숲도 비치고, 나무도 비치고, 지나가는 새도 비칠 텐데, 마음의 물결이 요동치니 아무것도 보이지가 않는 것입니다.

젊기 때문에 혼란스럽고, 젊기 때문에 불안하고, 젊기 때문에 조급하고, 애가 탑니다.

나는 재형이에게 말해줬습니다. 기왕 어지럽고 불안하고 위태로운 젊음, 차라리 인생이라는 놀이 공원에서 더 신나게 롤러코스터를 타보라고. "Boys, Be Ambitious!소년이여, 야망을 가져라!"보다 "Boys, Be Interested!소년이여, 신나게 살아라!"가 더 멋집니다.

하고 싶은 것 다 하고, 누리고 싶은 건 다 누리고, 가슴에 품은 뜻 전부 이루어내길 바랍니다. 우리의 과거 사진과 같은 청춘들. 그들이 부담감에 어깨가 내려앉지 않기를 바랍니다. 더 행복하고, 더 밝은 20세의 젊음들을 나는 많이 만나고 싶습니다.

햄버거
청년

아들이 군에 가 있을 때, 휴가 나오면 가장 먹고 싶은 게 뭐냐고
물으면 이렇게 대답하곤 했습니다.

"햄버거, 치킨, 피자……."

청국장과 된장국을 좋아하던 아들인데 군에 가면 가장 먹고 싶은
음식의 목록이 변하나 봅니다.

이 상병도 햄버거를 먹고 싶었던 것일까요? 휴가 나온 이 상병은
패스트푸드 점에 들어섰습니다. 햄버거 하나를 주문해서 먹고 있는
데, 그곳으로 남루한 노숙인 할머니가 들어왔습니다. 할머니는 주문
도 하지 않고 구석 자리에 앉아 있었습니다. 사람들은 할머니를 피
해 멀찍이 떨어져 앉았고, 가까이 가려고도 하지 않았습니다. 할머
니는 사람들의 노골적이고 따가운 눈총을 받았습니다.

햄버거를 다 먹은 이 상병은 자리를 정리하고 주문대로 다시 갔습니다. 그리고 직원에게 햄버거와 음료를 추가로 주문한 뒤 말했습니다.

"저 할머니에게 전해주세요."

그리고 가게를 떠났습니다.

이 상병의 선행은 당시 패스트푸드 점 직원이 국방부 홈페이지 게시판에 칭찬의 글을 올려 알려졌습니다. 직원은 게시판에 "그 군인의 행동을 보면서 노숙인 할머니에게 불쾌한 감정을 느꼈던 손님들뿐만 아니라 제 자신도 너무 부끄러웠습니다. 고마움을 전하고자 글을 남깁니다"고 했습니다.

군복을 입고 있어 혹시나 할머니가 불편하고 부담스러워할까 봐 직원에게 부탁했다는 이 상병. 이런 젊은이들 소식이 보도가 될 때마다 참 흐뭇하고 든든합니다.

나이 든 사람들이 젊은 사람들을 보면 못마땅한 점이 많습니다. 왜 저렇게 방황할까, 왜 저렇게 예민할까, 왜 저렇게 철이 없을까…….

젊은이들이 방황하는 것은 당연한 것이고, 성숙하지 못한 것도 사실입니다. 부드럽고 달콤한, 붉게 익은 홍시도 한때는 딱딱하고 떫고 파란 감에 지나지 않았습니다. 부딪치고 깨지고 아파하고 꿈꾸고 절망하고…… 그렇게 떫은 날들을 보내는 청춘…….

그런데 이 상병 같은 젊은이들 소식을 접할 때마다 참 뭉클하도록 고맙습니다. 오히려 나이를 먹을수록 아집이 굳어지는 어른들이 많아지는 것 같아 젊은이들 보기 민망할 따름입니다.

잘 성장하고 있는 우리나라 청춘들에게 그대들이 정말로 든든하고 고맙다고 전하고 싶습니다.

내 마음을
쓰고 싶어요

ㄱㄴㄷ

어느 텔레비전 프로그램에서 한글 교실에 다니는 아주머니를 본 적이 있습니다. 큰 칸 공책을 펼쳐놓고 한 자, 한 자 정성스럽게 적 어나가는 그녀에게 글을 배우면 무얼 하고 싶은지 물었습니다.

"내 마음을 쓰고 싶어요."
그녀의 대답이었습니다.

손자를 키우기 위해 한글을 배우는 할머니도 있습니다. 손자가 세 살 때 며느리는 집을 나갔고, 아버지 없는 아이를 할머니가 혼자 키워왔다고 합니다.

그러다 손자가 어린이집 갈 나이가 되었습니다. 어린 손자를 무릎에 앉혀놓고 동화책이라도 읽어주고 싶었지만 안타깝게도 할머니는 한글을 몰랐습니다.

그래서 할머니는 한글을 배우기 시작했고, 어렵사리 한글을 떼게 되었습니다. 할머니는 이제 손자에게 동화책을 읽어줄 수 있다고 기뻐했습니다. 손자가 글자를 물어보면 이제는 당당하게 알려줄 수 있다며 활짝 웃었습니다.

배움이 머리보다 마음을 위한 것임을 더 많은 사람들이 느꼈으면 좋겠습니다. 그래서 아이들을 가르칠 때도 머리가 아니라 마음을 가르쳤으면 좋겠습니다.

이 집에서 살아 행복합니다

    지인은 결혼 전 모아둔 자금으로 조그마한 빌라를 한 채 사두었습니다. 그곳은 세를 놓았는데, 1년 전 아기가 한 명 있는 젊은 부부가 전월세 계약을 하게 되었습니다. 전세로만 하면 금액이 부담된다며 일부는 전세로 하고 일부는 월세로 하자고 해서 전월세 계약이 된 것입니다.

    월세는 다달이 받는 게 아니라 처음에 1년 치를 지불하고, 1년 되는 시점에서 다시 1년 치를 정산하기로 했습니다. 세입자 가족이 빌라로 이사를 온 뒤 문자가 한 통 왔습니다.

    "덕분에 좋은 집으로 이사 잘 했습니다. 햇볕이 잘 들어와 저희 딸 소희를 건강하게 키울 수 있을 것 같습니다. 이 집을 얻게 되어 정말 행복합니다."

사실 그 빌라는 오래된 데다 열 평 남짓밖에 안 되는 작고 허름한 곳입니다. 세를 내주면서도 미안할 정도였습니다. 그런데도 좋은 집을 빌려줘서 감사하다는 문자를 받고 나서 지인은 몸 둘 바를 몰랐습니다.

며칠 후 지인은 화장지와 세제를 사서 그 집 문 앞에 놓아두고 행복하게 잘 살라는 문자를 보냈습니다.

1년이 흐른 어느 날, 전화가 걸려왔습니다.

"안녕하세요? 불광동 세입자입니다. 1년 치 월세 드리려고요. 계좌 번호를 문자로 찍어주시면 바로 보내겠습니다."

그러고 보니 그날이 정확하게 1년 되는 날이었습니다. 계좌 번호를 찍어서 문자 전송을 하고 집안일을 하고 있는데, 문자가 또 왔습니다.

"지금 송금했습니다. 지난 1년 동안 이 집에 살면서 저도 좋은 직장으로 옮겨갔고 와이프도 취직했습니다. 그동안 반지하에만 살아서 그런지 감기를 달고 살던 딸도 이곳에 와서는 내내 건강합니다. 저는 정말 복이 많은 것 같습니다. 덕분에 행복합니다."

순간 지인의 가슴으로 잔잔한 감동이 스며들었습니다. 집주인이라고 해도 만약 자신에게 그 집에서 살라고 하면 불평불만만 쏟아

낼 텐데, 그들은 불평불만 대신 감사와 만족을 먼저 맞아들이고 있
었습니다.

  지인은 그들이 더 잘 살아주기를, 그리고 복 많이 받아서 행복이
가득하기를…… 온 마음으로 빌었습니다.

눈물의
이유

　오랜만에 친구와 등산을 했습니다. 멋진 나무가 있기에 그 나무
를 어루만지다가 나무의 줄기에 먼지가 낀 것 같아 '후' 불어주었습
니다. 그때 뭔가가 입김에 날려 훅 하고 눈으로 들어왔습니다.
　"앗!"
　눈을 부여잡고 비명을 지르며 주저앉았습니다. 눈이 찢어질 듯
아팠습니다.

　친구는 아파하는 나를 보며 발을 동동 굴렀습니다. 우리를 보고
지나던 사람들이 한 명 두 명 다가왔습니다. 그리고 마치 제 일처럼
뭔가 돕고 싶어 전전긍긍했습니다.
　그때 의사 한 분이 지나가다가 멈춰 섰고, 사람들은 눈에 들어간
것을 빼내는 데 도움이 될 만한 것들을 꺼내놓기 시작했습니다.

　의사는 인공 눈물로 소독을 하고 면봉으로 눈을 쭉 훑어서 이물질을 빼주었습니다. 사람들은 모두 숨을 죽이고 지켜보았습니다. 그리고 이물질이 면봉에 묻어 빠져나오자 자기 눈에서 빼내기라도 한 것처럼 후련한 얼굴로 박수까지 쳐주었습니다.

　내가 울음을 터뜨리자 친구가 물었습니다.

　"많이 아팠구나?"

　사실은 아파서가 아니었습니다. 남이 아픈데 내가 아픈 것처럼 발걸음을 멈춰준 사람들, 그 따뜻한 마음이 고마워서 눈물이 났던 거였습니다.

길 잃은
아이

어린 시절, 지인은 어머니가 입원한 병원을 무작정 찾아 나섰다가 길을 잃어버렸습니다. 인천에서 서울까지, 일곱 살 꼬마가 가기에는 먼 길이었습니다. '어디로 가야 하지?' 버스 정류장에 앉아 울고 있는데 무릎 위로 그늘이 지는 게 느껴졌습니다. 고개를 들어보니 어떤 아주머니 한 분이 서 있었습니다.

"길을 잃었어?"

걱정스런 표정으로 물어보는데, 얼마나 따뜻한 목소리였는지 설움이 복받쳤습니다. 아주머니는 손을 잡으며 함께 길을 찾아주겠다고 했습니다.

아주머니는 아이 손을 붙잡고 버스도 타고 지하철도 타면서 무사히 병원까지 갔습니다. 어머니는 그 먼 병원까지 찾아온 아이를 보고 놀라움에 입을 다물지 못했습니다.

"엄마가 보고 싶어서 왔어"라는 아이의 말에 "사실은 엄마도 많이 보고 싶었어. 그래도 길 잃어버리니까 다음에는 절대 혼자 오지 마"라고 말하며 꼬옥 껴안아주었습니다.

어머니가 아이를 병원까지 무사히 데려다준 아주머니에게 인사하려고 보니, 그 아주머니는 벌써 병실을 나가고 없었습니다. 병원 로비까지 뛰어나가 봤지만 아주머니는 이미 사라진 뒤였습니다. 어머니는 허공에 대고 기도하듯 말했습니다.

"고마운 분이네…… 복 받으세요……."

지인은 그 후…… 길을 잃고 울고 있는 아이는 없는지 살펴보며 걷는 습관이 생겼습니다. 혹시 도움이 필요한 아이가 어딘가에서 불안해하고 있으면 달려가 그 아이 손을 잡아주기 위해서입니다.

초긍정
대마왕

친구는 초긍정 대마왕입니다. 집이 낡았는데도 "오래된 아파트라 나무숲이 우거져서 좋다"라고 합니다.

이른 새벽부터 위층에서 세탁기를 돌리고, 씻는 소리가 나고, 물 내려오는 소리가 들려올 때 어떤 사람은 불평합니다.

"에이, 새벽부터 시끄럽군."

그러나 친구는 기분 좋은 소리라고 여깁니다.

"하루가 벌써 시작됐구나. 우리 위층도 무사하구나! 나도 어서 활동을 시작해야지!"

같은 상황에서도 한 사람은 불쾌해하고 한 사람은 기운을 얻습니다. 똑같은 조건에 놓였는데, 한 사람은 불평하고 한 사람은 만족합니다. 똑같은 아파트, 같은 동에 사는 사람들도 같은 상황에서 생각

하는 게 저마다 다릅니다.

　명절 때 시댁 식구들이 다 모여들어 쉴 틈 없이 바쁠 때에도 친구
는 생각합니다.
　"우리 집에서 잔치가 벌어지는구나."
　아이가 공부를 못해도 "우리 아이가 성격은 좋다"라고 합니다. 항
상 좋은 면을 보는 친구는 마치 인생의 좋은 면만 보는 매직 안경을
낀 것 같습니다.

　음악이 들릴 때 어떤 사람은 '천상의 소리'라고 감탄합니다. 하지
만 어떤 사람은 '소음'이라며 꺼버립니다. 시를 보면서 어떤 사람은

'인생의 철학'이라며 감동하지만, 어떤 사람은 '지루한 얘기'라며 하품합니다. 매일 뜨고 지는 별과 달에 대해 어떤 사람은 깊이 감사하지만 어떤 사람은 고개 들어 하늘을 바라보지 않습니다. 바람이 불면 어떤 사람은 상쾌한 솔바람이라며 즐거워하지만 어떤 사람은 머리가 날린다며 싫어합니다.

천국과 지옥은 똑같은 상황인지도 모릅니다. 그러나 어떤 사람은 천국에 살며, 어떤 사람은 지옥에 삽니다. 현실 속에 있는 천국과 지옥의 갈림길. 그 집행관은 바로 우리 마음입니다. 지금 둘 중에 어떤 길로 들어서고 계신가요?

내 기준으로 하면
내가 제일 크다

다 알고 있는 것처럼 나폴레옹은 키가 아주 작았습니다.

키 작은 나폴레옹이 산 정상에 올라갔을 때 키가 매우 큰 적군이 앞을 막아섰습니다. 그리고 나폴레옹을 보며 비아냥거렸습니다.

"그 작은 키로 무슨 일을 할 수 있을 거 같으냐?"

나폴레옹은 자신의 기를 꺾으려는 그 적군을 향해 이렇게 대답했습니다.

"땅에서 재는 나의 키는 너보다 작다. 하지만 하늘에서부터 재면 내 키가 너보다 훨씬 크다!"

키가 자신보다 두 배는 큰 적군에게 키 작은 나폴레옹은 또 이렇게 덧붙였습니다.

"내가 너보다 키는 작을지언정, 너를 꺾고자 하는 나의 의지는 누구보다 크다!"

크다, 작다, 가깝다, 멀다…… 그 기준은 내가 정하는 것이겠지요. 마음의 키가 크다면 그 누구보다 내 키가 큰 것이고, 마음이 희망으로 꽉 차 있다면 그 누구보다 내가 더 부자입니다.

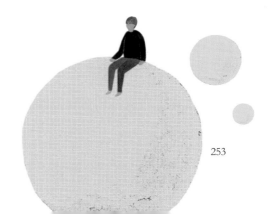

과일 가게의
참 좋은 당신들

과일 가게 아저씨는 장사를 하다 보면 참 좋은 사람들을 많이 만나게 된다고 말했습니다.

어떤 엄마는 계절이 바뀔 때마다 아이가 다니는 유치원에 제철 과일을 한 상자씩 사서 배달을 부탁하는데, 보낸 사람을 절대 밝히지 말라고 당부한답니다. 보낸 사람을 밝히면 내 자식만 잘해 달라는 것과 같아서 그렇게 하지 않겠다는 것입니다. 그저 내 자식을 먹이는 마음으로 다른 아이들도 제철 과일을 같이 맛있게 먹는 모습을 상상하는 것만으로도 행복하다고 합니다.

어떤 할머니는 오랜 단골손님인데, 수박을 살 때면 늘 한 통을 사서 절반으로 나눈 뒤, 한쪽을 아파트 동 경비 아저씨에게 배달 보내곤 합니다. 어떤 날은 사과 만 원어치, 감 만 원어치를 사서 들고 가다가 길에서 동네 사람들을 보면 나눠주기 바쁩니다. 언젠가는 과일 가게 아저씨가 할머니에게 물었습니다.

"다 나눠주다 보면 드실 게 없겠어요."

할머니가 웃으며 대답했습니다.

"어느 날인가는 정말 딱 한 알 남았는데, 집 앞에서 택배 청년을 만났지 뭐야. 땀을 뻘뻘 흘리는데 얼마나 안쓰럽던지 그걸 주고 말았어. 하하!"

과일 가게 아저씨는 말했습니다.

"요즘 사람들이 각박하다고 하지만 안 그래요. 장사 잘 되냐고 걱정해주고 억지로 깎으려고 하지도 않아요. 오히려 덤을 드리려고 하면 이거 팔고 얼마 남겠냐며 사양하는 분들도 많아요."

좋은 분들이 드실 거니까 더 좋은 과일을 가져다놓으려고 애쓰게 된다고 말하는 과일 가게 아저씨.

과일 가게 아저씨도, 그 가게에 드나드는 사람들도 반짝이는 과일처럼 행복해보입니다.

창호지로 만든
창처럼

　하루는 선배 작가 집을 방문했습니다. 그 선배네 집 서재는 참 신비로운 분위기를 풍깁니다. 창문에 유리를 끼우는 대신 창호지를 바른 덕분입니다. 창호지는 태양빛을 온몸으로 받아들인 뒤 조명을 몇 도 낮춰 방 안에 있는 사람들에게 편안하게 전달해 줍니다.

　창호지로 된 창은 서서히 찾아오는 어둠도 천천히 걸러내며 방 안으로 배달해 줍니다. 창밖에 달리는 자동차의 소음도 한 겹 걸러서 낮게 전달합니다. 아내가 저녁 준비하는 소리, 하루치의 일과를 정리하는 분주함들도 한 박자 늦춰서 전해줍니다.

　왜 우리 조상들이 창호지로 만든 창을 썼는지 알 것 같습니다.
　태양의 뜨거움도 한 단계 낮춰서 받아들이고 세상의 소란스러움

도 한 겹 낮은 소리로 받아들이는 법, 뜨겁지도 차갑지도 않은 온도
와 빠르지도 그렇다고 너무 느리지도 않은 걸음걸이로 세상과 소
통하는 법을 창호지 창에서 배웁니다.

인생을 구한
아이돌

얼마 전 MBC 예능 프로그램 〈별바라기〉에 나와 1등상을 받고 해외여행을 다녀온 오민아는 나의 제자입니다. 스타를 사랑하는 팬이 나와 그 스타에 대해 얘기하는 프로그램인 〈별바라기〉에서 말했듯, 민아는 수업 시간에도, 개인적으로 만날 때도 늘 말합니다. 인피니트가 자신을 살렸다고…….

민아는 결혼 전 유능한 건축 설계사였습니다. 학교 다닐 때 남편을 만나 9년 동안 열렬히 사랑하고 결혼했습니다. 민아는 둘째를 낳고 나서 잘 다니던 직장을 그만뒀습니다. 아이를 기르는 일에만 집중하고 싶었기 때문입니다.

그런데 너무 완벽하려고 했던 마음이 민아의 인생에 태클을 걸었습니다. 아이를 업고 머리를 감고, 아이를 업고 서서 밥을 먹고, 아이들에게 24시간을 모두 투자했습니다. 허리가 너무 아팠고, 그보다 더 힘든 것은 마음이었습니다. 내일도 오늘과 똑같이 보낼 것이라는 생각을 하니 암담했습니다. 차라리 내일 아침 눈이 안 떠졌으면 좋겠다는 생각까지 했습니다.

믿고 의지했던 남편은 너무 바빴습니다. 물론 그 역시 똑같이 힘든 과정을 사회에서 거치는 중이었습니다. 그런 남편을 이해하면서도 민아는 남편이 출근할 때면 "잘 다녀와!" 대신에 "언제 들어와?" 하는 소리가 절로 나왔습니다. 이름하여 '육아 우울증'에 빠진 것입니다.

많이 울었고, 많이 아팠던 어느 주말 저녁, 남편은 직장에 나가고 민아는 잘 안 보던 텔레비전을 틀어놓고 있었습니다. 그때 화면에 '인피니트'라는 아이돌 그룹이 나와 노래하고 춤을 추고 있었습니다. 일곱 명이 딱딱 맞게 춤을 추며 노래하는데, 3분 남짓의 무대에서 빛나기 위해 저 어린 가수들이 얼마나 노력했을지 생각되어 뭉클했습니다.

그리고 그 어린 가수들이 궁금해졌습니다. 여기저기 인터넷을 뒤지며 그들이 했던 인터뷰를 찾아보았습니다. 그들은 3년 동안 하루에 열여덟 시간씩 연습했다고 했습니다. 그리고 일곱 명 모두 참 힘들게 어린 시절을 지나왔다고 했습니다. 측은한 마음이 들었습니다. 응원하고 싶다는 생각이 들었습니다.

그 후 민아는 인피니트가 노래하는 것을 보면서 시간을 견뎠습니다. 그리고 절망을 넘어섰습니다. 그 어린 가수들이 민아의 삶에 희망을 줬습니다.

누군가의 삶에 희망을 줄 수 있다니, 누군가의 시간에 행복을 줄 수 있다니…… 스타들은 자부심을 가져도 될 듯합니다. 동시에 책임감도 가져야겠지요.

'아이돌'이라고 하면 나 역시 몇 가지 선입견이 있었습니다. 그러나 하루 열여덟 시간씩 연습을 해야 그렇게 춤을 출 수 있고, 그렇게 노래할 수 있다는 것을 민아를 통해 새삼 알게 되었습니다. 다른 사람을 행복하게 해주기 위해서는 그렇게 뼈를 깎는 노력이 있어야 하나 봅니다.

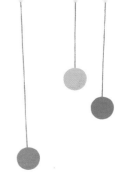

당신의
크리스마스

하얀 눈송이가 장식된, 달콤하고 부드러운 케이크를 샀습니다. 풍선을 불어서 공중에 주렁주렁 매달고 화분에다가 별과 달 모양의 장식을 걸었습니다. 예쁜 빛깔의 양초에도 불을 붙였습니다.

드디어 그 사람이 들어섰습니다. 하루 종일 잔뜩 흐려 있던 그 사람의 얼굴이 환해지더니 소리쳤습니다.

"어? 오늘이 크리스마스야?"

크리스마스가 꼭 눈 내리는 12월이어야 되나요? 꼭 산타클로스만 선물을 주나요? 지친 그 사람의 마음에 크리스마스를 선물하는 일, 그리 손이 많이 가는 이벤트는 아닐 겁니다.

마음에 사랑이 있으신가요?

그렇다면 오늘은 '당신만의 크리스마스'입니다.

마음만 먹으면 매일매일이 축제가 될 수도 있습니다. 매일매일이 특별한 의미의 날이 될 수 있습니다.

헤아려보면 이 시간에도 우리에게 주어진 선물은 참 많습니다.

그 크리스마스 선물은 모두 당신 것입니다.

그러니 행복한 마음으로 열어보세요!

기다리는 것이
인생

김영갑 씨의 맑은 눈빛이 그리워지는 날이면 고향 제주도의 김영갑 갤러리 두모악으로 향합니다. 내가 처음 갈 때만 해도 김영갑 씨 혼자 앉아 있던 그곳은 이제 찻집도 생기고 여행객들이 많이 찾는 장소가 되었습니다.

김영갑 씨가 세상을 떠나기 얼마 전, 김영갑 씨 작업실인 두모악으로 찾아갔습니다. 그리고 같이 앉아서 오래 얘기를 나누었습니다. 그는 이미 병세가 깊어 있었고, 발음이 정확하지 않고, 앉아 있는 사이사이 몹시 피곤해했습니다. 하지만 그의 눈빛은 소년처럼 맑았고, 마음은 청년처럼 힘찼습니다.

기다려도 기다려도 간절히 원하는 일은 이뤄지지 않고, 기다려도

기다려도 꼭 보고 싶은 사람은 오지 않고……. 답답한 마음, 이해합니다. 그런 당신에게 제주도의 사진작가 김영갑 씨 얘기를 들려주고 싶습니다.

"사진을 찍다가 순교하겠다. 여한 없이 사진을 찍다가 웃으며 죽고 싶다"고 하며 루게릭병과 싸우던 사진작가 김영갑 씨. 셔터를 누를 손끝의 기운마저 잃은 순간에도 그는 언제나 기다림으로 사진을 찍었습니다.

그는 카메라를 한 위치에 두고 해가 뜨기를 기다리고, 해가 지기를 기다렸습니다. 억새의 움직임도, 산의 풍경도, 그 산허리에 서 있는 나무도, 꽃의 물결도, 파도의 춤도, 돌담의 빛깔도 순간순간마다 그 모습이 바뀌기 때문입니다.

그가 '기다리는 일'을 잘하지 못했다면 우리는 그의 사진에서 감동을 만나지 못했겠지요.

버스 정류장 팻말 하나가 세워져 있는 거리입니다. 정류장 팻말은 비바람에 지워져 글자가 잘 보이지 않습니다. 각각 다른 방향에서 온 사람들이 버스를 기다립니다. 그런데 아무리 기다려도 버스는 오지 않습니다. 그것이 우리 인생과 같습니다.

"나는 내가 원하는 사진이 나올 때까지 그 자리에서 기다리고 기다릴 뿐입니다."

김영갑 씨의 인터뷰처럼 우리 인생의 가치는 어쩌면 기다리는 그 자체에 있는지도 모릅니다.

아름다운 승리자

무인도의 등대지기에게 바다는 어떻게 그려질까요?

철도를 보수하는 사람에게 철길은 어떤 그림으로 그려질까요?

응급실에 근무하는 의사와 간호사들에게 사람은 어떻게 그려질까요?

우리에게는 알게 모르게 각자의 직업이 몸에 배어 있습니다. 그래서 어떤 사물이든 우리 직업에 알맞은 눈으로 바라봅니다. 결국 어떤 직업을 가지느냐가 아니라 그 직업을 통해 어떤 정신을 심어가는지가 중요합니다.

퇴근길의 승객을 기다리는 택시 기사와 버스 기사, 학생들을 집에 보내고 빈 교실을 둘러보는 선생님, 건설 현장에서 일하는 근로

자, 창작에 몰두하는 예술가, 그리고 가족을 기다리며 식탁을 차리는 주부…….

　내가 하는 일을 행복해하며 순간순간 그 의미를 만들어가는 사람…… 당신은 생의 아름다운 승리자입니다.

위로가
된다면

'뉴스의 전설', '세기의 앵커', '미국의 아이콘'이라 불리는 월터 크롱카이트. 그는 미국인들로부터 가장 신뢰받고 추앙받는 앵커였습니다. 당시의 역사적인 순간에는 반드시 그가 있었다고 합니다. 케네디 대통령 암살 사건, 마틴 루서 킹 목사 암살 사건, 워터게이트 사건 등등……. 굵직굵직한 사건들이 모두 그의 방송을 거치게 된 것입니다.

역사의 소용돌이 속에서 대부분은 충격적이고 가슴 아픈 뉴스밖에 없던 시절, 월터가 진행한 뉴스에서 그의 마지막 멘트는 늘 이렇게 끝났습니다.

That's the way it is! 세상일이 다 그렇죠!

혼란한 마음을 이겨내기를 바라는, 사람들에게 위로를 전하고 싶은 그의 마음이 잘 느껴집니다.

방송장이로 살면서 내가 하고 싶은 일은 바로 위로를 건네는 일입니다. 방송에는 여러 가지 기능이 있겠지만, 그중에서도 단연 첫 번째로 꼽는 것은 '위로의 기능'입니다. 지치고 힘들고 아픈 마음을 위로하고 그 위안의 힘으로 힘차게 나아가게 하는 일…… 내가 가장 하고 싶은 일입니다.

누구 한 사람의 찢어지는 가슴을 위로할 수 있다면, 누구 한 사람의 숙인 고개를 들게 하고 위로할 수 있다면, 그럴 수 있다면 정말 행복하겠습니다.

온정 가득한 사람들이
그려낸 감동 에세이

참 좋은 당신을
만났습니다 세 번째

초판 1쇄 발행 2014년 11월 18일
초판 6쇄 발행 2021년 4월 21일

지은이 | 송정림
그린이 | 박경연
펴낸이 | 한순 이희섭
펴낸곳 | (주)도서출판 나무생각
편집 | 양미애 백모란
디자인 | 박민선
마케팅 | 이재석
출판등록 | 1999년 8월 19일 제1999 - 000112호
주소 | 서울특별시 마포구 월드컵로 70-4(서교동) 1F
전화 | 02)334 - 3339, 3308, 3361
팩스 | 02)334 - 3318
이메일 | tree3339@hanmail.net
홈페이지 | www.namubook.co.kr
블로그 | blog.naver.com/tree3339

ISBN 978-89-5937-369-7 04810
        978-89-5937-368-0 (세트)